Née en Centr[illegible] la publicité en France, en Austra[illegible]e, pratiqué la plongée sous-marine au Mexique, arpenté l'Afrique du Sud et Madagascar. À 36 ans, elle est de retour à Paris. Entre-temps, elle a publié *On ne boit pas les rats-kangourous* (2009) et *Le Bon, la brute, etc.* (2011) qui ont reçu un accueil enthousiaste de la critique et des lecteurs.

Du même auteur :

Chez Milady :

Quand j'étais vivant

Chez d'autres éditeurs :

On ne boit pas les rats-kangourous, Albin Michel
Le Bon, la brute, etc., Albin Michel
Almanach des voyageurs (collectif), Magellan & Cie

www.milady.fr

Estelle Nollet

Quand j'étais vivant

Albin Michel

Milady est un label des éditions Bragelonne

ISBN : 978-2-8112-1793-8

Bragelonne – Milady
60-62, rue d'Hauteville – 75010 Paris

E-mail : info@milady.fr
Site Internet : www.milady.fr

Remerciements

Merci à Rodney Visser en charge de la lutte anti-braconnage en Afrique de Sud, à Cindy Stadler, ranger en charge de la conservation dans la réserve Shamwari (Afrique du Sud), à Craig Griffin qui m'a sortie d'un mauvais pas, à Nirina et Serge Latour de Madagascar, aux réalisateurs du documentaire *Tuez-les tous ! (Rwanda : Histoire d'un génocide « sans importance »)* et à Iain et Oria Douglas-Hamilton pour leur ouvrage *Les éléphants et nous* qui fut un fantastique support de travail.

Merci à l'Institut Français pour la bourse qui m'a été allouée en tant que lauréate de la Mission Stendhal, et au Centre National du Livre, sans qui je n'aurais pu me rendre en Afrique et mener à bien ce roman.

Merci à celles et ceux qui penseront que les causes évoquées dans cet ouvrage méritent que l'on se mobilise pour elles.

« Harrison, j'ai peur.

— Peur de quoi ?

— Du noir.

— Tu as marché des centaines de kilomètres de nuit pour fuir ton pays, comment peux-tu avoir peur du noir maintenant ?

— C'est différent. Maintenant on est morts.

— Justement, qu'est-ce que tu crains ? »

Juma chercha quand même la main de l'adulte pour la serrer bien fort, sa petite paume toute moite dans la paluche rêche et abîmée d'Harrison, avec ses lignes en canyons et ses phalanges en troncs pétrifiés. Une pogne toujours brûlante dont Juma aimait sentir le flot de chaleur, sans vraiment comprendre que c'était tout le corps de l'homme qui avait pris feu.

« C'est quoi ça ? fit l'enfant en se crispant un peu plus et en se décalant vers l'arrière, à l'abri du grand dos d'Harrison. C'est quoi ce grésillement ? »

Plutôt un vrombissement. Qui rappelait à tous le long vol des criquets s'abattant sur les récoltes, ce son écœurant mettant tout le monde aux abris, ce froufroutement d'ailes immonde annonçant les crève-la-faim. Voilà ce qu'ils entendaient, Juma, Harrison, N'Dilo et Pearl, en se rapprochant les uns des autres et en tremblant dans l'obscurité.

Soudain un tube de lumière s'alluma puis s'éteignit pour s'allumer à nouveau comme s'il s'extirpait d'un placenta de photons, puis deux, puis dix, c'était ça, pas des insectes mais de gigantesques néons qui naissaient un à un dans un espace qui ressemblait à l'infini d'une galaxie.

« C'est pas des criquets. » Et N'Dilo put enfin reprendre sa respiration.

« Et ça, c'est quoi ? » demanda encore Juma.

Sous la lumière blafarde des néons, ils découvrirent des étagères sans fin sur lesquelles s'amoncelaient des boîtes, des petits cubes anthracite, des milliers de millions de cubes pas plus gros que des poings, entassés les uns sur les autres comme de grandes piles de bouquins. Ils étaient lisses et froids au toucher.

Ils restèrent plantés là, dans ce gigantesque espace de boîtes et de lumière, ce labyrinthe de rayons, et Pearl commença à montrer des signes d'impatience.

Harrison, Juma et N'Dilo regardèrent l'éléphante humer l'air avec sa trompe en périscope, la tournant à droite, à gauche, devant, en déployant ses oreilles pour mieux capter les sons. Soudain elle prit peur car elle n'avait jamais entendu de silence, la savane n'est que bruits que craquements que cris et que chants, que croassements, mastications, gémissements, halètements, agonie, que vent, pluie et tourbillons de terre. Là elle n'était nulle part. Vraiment nulle part.

Elle se mit à battre des oreilles à piétiner le sol à charger les rayons à faire vaciller des étages de boîtes comme des buildings et elle prenait du recul et elle recommençait en barrissant, toutes défenses en avant, elle dégommait tout elle détruisait tout elle faisait valdinguer ses peurs, alors qu'Harrison et N'Dilo s'étaient reculés de dix mètres et regardaient la scène les bras croisés, et que Juma s'était assis en tailleur, sa main droite sur son moignon de bras gauche.

« Elle flippe, dit-il.

— Nous aussi un peu, non ? rétorqua N'Dilo.

— Je n'ai jamais eu peur de boîtes, moi.

— Harrison ! Le roi des rois ! Celui qui sait tout, qui n'a peur de rien ! On a tellement de chance de t'avoir avec nous, Monsieur le British ! Le super-Blanc. Vraiment, on en a de la chance.

— La ferme, N'Dilo. Si on avait vraiment de la chance on serait encore vivants.

— Sauf que c'est toi qui m'as tué.

— Tu as tué Travis d'abord.

— Je n'ai pas tué ta femme, combien de fois il faudra que je te le répète ?

— Et Pearl, et Juma.

— C'était pour me protéger.

— Ça n'a plus d'importance maintenant.

— C'est un peu facile.

— Tais-toi. Regarde, Pearl a fini. Elle s'est enfin calmée. »

L'éléphante avait posé sa trompe sur sa défense comme elle le faisait toujours quand elle était tranquille. Elle trônait au beau milieu de centaines de cubes, de milliers, épars au sol. Elle s'était immobilisée. Les oreilles rabattues. Et semblait fixer quelque chose. Juma se leva. Harrison et N'Dilo mirent leurs querelles en stand-by et tous les trois avancèrent vers elle.

« Regardez, c'est chez moi. Chez nous. »

Sur un mur blanc un film était projeté, et la savane frissonnait, dorée. La petite mare en forme de cœur qui était filmée comme par hélicoptère ne laissait aucun doute, « c'est la Réserve ».

Voilà ce qu'ils regardaient bouche bée, la Réserve, la réserve d'Harrison, celle où Pearl était née, l'endroit où Juma était arrivé un beau matin, la brousse dans laquelle N'Dilo avait joué enfant et où plus tard il avait braconné. La Réserve. Qui n'avait la même signification pour personne mais qui faisait battre le cœur de tous. Celle qui avait été leur vie. Et au beau milieu de laquelle ils étaient morts.

Sur le mur en écran tous les quatre revoyaient la terre qu'ils avaient arpentée à pied à patte ou en Land Rover, 150 000 hectares de savane et de forêt d'acacias, de buissons épineux et de plaines nourricières, de marigots et de rivières. À cette vue Pearl s'avança vers la cloison pour rentrer à la maison, trompe en l'air, elle se mit à trottiner et avant que quiconque eût pu la prévenir, ses quatre tonnes de chair heurtèrent le mur. Elle recula, fit un deuxième essai et ses défenses percutèrent à nouveau violemment la cloison alors que défilaient des images de canopée jaunie par la sécheresse, et c'était comme si elle chargeait des arbres en tombant du ciel. Elle resta interdite.

« Ce ne sont que des images, Pearl, lui dit Harrison en posant la main derrière l'oreille de l'éléphante pour la rassurer, ce n'est pas la réalité. Ce n'est qu'un film.

— Un quoi ?

— Un film. Disons que d'une certaine manière ce que tu vois est réel, enfin, l'était, et maintenant, eh bien ce n'est plus qu'un souvenir projeté sur un mur. Tu ne peux pas y retourner. Il n'y a rien derrière le mur. »

La question que tout le monde se posait, et à laquelle personne n'avait de réponse, c'était pourquoi. Pourquoi on leur passait ça. Et puis le mur redevint blanc. Juma s'approcha et le regarda attentivement. Au bas du mur il vit quatre petites trappes et s'agenouilla. Il les toucha de sa main droite et sursauta quand l'une d'elles s'ouvrit : dedans il vit un cube anthracite. La trappe se referma aussitôt et le mur s'anima de nouveau. Tous regardèrent l'homme blanc aux yeux bleus qui grimaçait, avec une petite dent du haut – une canine – qui ressortait un peu comme si elle voulait grignoter la lèvre inférieure. Les pommettes hautes et les joues creusées, les rides tranchées par le soleil de l'Afrique, au volant d'un 4 × 4. Harrison retint son souffle. « Mon Dieu c'est moi.

— Pas de doute là-dessus. Le même air con, s'enflamma N'Dilo.

— *Shut up*. Les boîtes là, c'est pas juste des boîtes. C'est notre vie je crois.

— Ben tiens, y a un film qui commence et il faut que ce soit sur le Blanc…

— Je suis blanc aussi.

— Tu es albinos, Juma, dit N'Dilo. Techniquement, tu es noir, tout comme moi. C'est juste que tu as un manque de…

— La ferme, il sait tout ça ! hurla Harrison. Je sais quel jour c'était, reprit-il en regardant les images. Je sais exactement quel jour c'était. Regardez Travis derrière. Elle portait son foulard rouge, c'est ce jour-là putain, le 19 janvier 1998. »

Une typographie classique apparut en surimpression qui lui donna raison. Laconiquement elle stipulait en capitales : *QUAND HARRISON PERDIT SA FEMME, 19 janvier 1998*. Et puis elle disparut et les images reprirent possession de l'écran.

Cette fois-ci le film avait du son, et les battements de cœur de la réserve emplissaient toute la salle. Pearl recommençait à stresser, ça se voyait, elle reportait son poids d'une patte sur l'autre comme si elle voulait danser, mais au milieu d'un marais l'aspirant comme une sangsue de boue. Juma chuchota « J'ai peur », Harrison le prit dans ses bras et dit « Moi aussi » tout en regardant sur le mur le film de sa vie.

En une seconde il se retrouva ce jour-là. Devant les six cadavres dans la plaine et l'herbe en sang. Avec les vautours sur les branches au loin qui tordaient leur cou pour mieux voir leur prochain festin. Et les hyènes qui s'approchaient en souriant.

Quand Harrison et Travis sautèrent de la Land Rover, ce fut un Conrad plus gris que noir qui leur annonça que la grande femelle tombée à genoux, la tête découpée à la hache, la trompe gisant à quelques mètres, était Soufia. Plus de soixante saisons sèches sans broncher et maintenant sept balles dans la peau. La plus vieille des matriarches de la Réserve. Cinq autres membres de sa famille semblaient s'être endormis dans des positions grotesques, épars monolithes de chair érigés en hommage au dieu ivoire. Un carnage. Comme on n'en avait pas vu depuis longtemps.

Harrison et Conrad serraient les poings à s'en griffer la paume et Travis se rua vers les buissons pour vomir. La déflagration fit s'envoler les charognards aux ailes sans fin, détaler les hyènes hirsutes et grossières, filer les petits chacals enivrés par l'odeur de la mort. Hurler Harrison.

Les braconniers avaient piégé la scène de crime, et Travis venait de sauter sur une grenade reliée à un câble.

« Stoooooop ! hurla Harrison. Stop », répéta-t-il en se laissant tomber au sol et en enfouissant sa tête dans ses mains.

Sur le mur les images se figèrent.

Quelques secondes plus tard un autre titre apparaissait : *QUAND LES ARBRES NOUS VEULENT DU MAL, 11 février 1998*. Tous surent alors qu'ils n'échapperaient pas aux souvenirs.

QUAND LES ARBRES NOUS VEULENT DU MAL

11 février 1998

Il en faut peu pour devenir dingue. Pour avoir des porcs-épics dans la tête comme on dit ici. Il suffit de quelques semaines, quelques semaines sans dormir. Harrison en était à son vingt-troisième jour.

Revenant d'une nuit en brousse, il s'affala dans son fauteuil couleur de terre, croisa ses jambes noueuses, posa ses grolles poussiéreuses sur le muret et regarda son arbre. Tous les matins ou presque depuis quasiment trente ans il savourait le spectacle du grand eucalyptus qui étirait nonchalamment ses bras, réveillé en sursaut par l'énergie simiesque des vervets qui crient qui gigotent qui s'agitent qui célèbrent le jour et transforment pendant quelques minutes les branches en catapultes et les feuilles en trampolines avant de s'effondrer au sol comme de petites marionnettes grises dont on aurait soudainement coupé les fils. Puis ils s'éparpillent dans la savane. Et c'est comme si rien ne s'était passé.

Oui, tous les matins Harrison se plantait dans son fauteuil et profitait de ces quelques instants hors du temps qui n'appartenaient qu'à lui. Mais ce jour-là la brume épaisse et cendrée qui rôdait lui parut serpentine. Ce jour-là il la vit asphyxier la terre, s'infiltrer dans les termitières, étrangler le tronc pelé de l'arbre de ses doigts de limbes.

Croulant sous les singes, l'arbre devint macabrement vivant, arachnéen, palpitant, prêt à se mettre en marche, à extirper ses démoniaques racines du sol en vapeur et à avancer, immortel zombie de sève et de chlorophylle, prêt à venir l'écraser de son pas de géant ricanant et hurlant. C'est ça, détruis-moi. Viens donc. Aplatis-moi, ratatine-moi. Que je souffle enfin, se dit-il en crispant les mâchoires et en serrant les poings. Mais la brume se dissipa. Les singes dégringolèrent. L'arbre redevint arbre, inerte bloc de xylème, passif monument de lignine, et Harrison en sueur peina à s'extirper du fauteuil de cuir usé qui le retenait encore dans un monde incertain de désirs et de frayeurs.

Il marcha péniblement vers la salle d'eau, traînant les pieds, pour ne voir dans la glace qu'un inconnu fantomatique le dévisager avec défiance, le visage défraîchi et gris, la barbe en lichen et les yeux rouges et fiévreux.

Conrad arriva, le scruta, lui lança un prudent « Bien dormi, Boss ? » qui n'était pas une question, puis rechigna à lui laisser conduire la Land, il faisait ça depuis trois jours. Depuis qu'Harrison avait failli les tuer tous les deux.

Il n'y en avait pas deux comme Conrad, un homme noir, brillant, aux paluches comme des battoirs, abîmées et ridées, et au sourire comme un bénitier dans lequel on aimait bien tremper ses yeux. Toujours le même chapeau Conrad, après toutes ces années, la même forme qu'un Stetson mais en peau de zèbre, qui lui donnait plus l'air d'un braconnier que d'un type qui s'occupait de conservation.

« Tu vas l'enlever un jour, en acheter un autre ?

— Je ne sors jamais sans mon couteau fétiche, je ne sors jamais sans mon chapeau fétiche.

— Ouais, mais tu as dû racheter un couteau fétiche par deux fois.

— Vrai, mais mon chapeau, jamais. »

Conrad avait aussi de longues cicatrices à l'épaule qui avaient rendu son épiderme gris et boursouflé comme si une mauvaise ouvrière s'était occupée des coutures d'un manteau de peau. Dans la réserve, seuls quelques gars appelaient encore Conrad « la Girafe ». Vingt ans auparavant, une belle femelle avait échappé aux griffes d'une lionne, elle en avait gardé de sacrées cicatrices à la cuisse et y avait laissé la moitié de sa queue, qui formait comme un moignon et l'empêchait de chasser les mouches. La girafe était morte une dizaine d'années plus tard, mais le surnom était resté longtemps, même si

Conrad le détestait. Personne n'avait jamais vraiment su ce qui était arrivé, tant les versions changeaient.

« Conrad, raconte-nous encore ton histoire avec le lion.

— La lionne. C'était pendant la saison sèche, et la troupe avait faim… »

Une autre fois c'était bel et bien un lion : « Pendant la saison des pluies, un vieux mâle chassé de sa troupe… » Ou alors : « Une femelle qui apprenait à chasser à ses grands lionceaux, je regardais ça quand soudain une de ses frangines m'a vu… » Ou bien : « C'était de ma faute, je n'aurais pas dû bouger, mais c'était plus fort que moi et je me suis mis à courir. Aussi bêtement qu'une petite souris devant un gros chat… » Seul Harrison connaissait l'histoire, parce que ce jour-là Conrad lui avait sauvé la vie.

« Passe-moi les clefs Conrad ou je te vire. »

Conrad hésita longuement parce que son patron avait encore plus mauvaise mine que d'habitude. Finalement il capitula :

« OK, mais pas de ravin cette fois, hein Boss ? »

Harrison grimaça. Trois jours auparavant il s'était endormi au volant, d'un coup d'un seul il avait fermé les yeux quelques secondes de trop et tous les deux avaient vraiment failli y passer, aussi sûr qu'un bébé springbok perdu au milieu de la savane la nuit se ferait croquer. Ce jour-là Conrad avait perçu avec terreur chez son patron la déception de ne pas s'être retrouvé en contrebas, dans la rivière brune où les éléphants se baignaient.

« Ouais, pas de ravin. » Harrison prit les clefs.

Il savait bien ce que Conrad pensait, il savait bien ce que les autres racontaient dans son dos, que le patron déraillait, que dans sa caboche ça ne tournait plus rond. Qu'on lui avait jeté un sort, c'est sûr. Qu'on devrait lui offrir un gri-gri. Qu'ils aillent au diable, se disait-il, je voudrais bien les voir à ma place, hein ? Comment ils se sentiraient si leur femme était morte ?

Avant de démarrer il jeta un dernier regard à son arbre qui trônait, pacifique, dans l'air doré. Dans son ombre, là où bleuit la pelouse, Harrison savait ce qui manquait : la tombe de Travis. Ça lui retournait le cœur mais sa famille avait insisté et sa dépouille reposait à Sacramento.

« Merde, enterrer Travis là, c'est comme croire qu'un lion veut bouffer des carottes. Elle n'a eu de cesse d'en partir, de votre foutue Californie qui produit plus de richesses chaque année que l'ensemble de l'Afrique ! Elle a choisi cette terre ! Elle voudrait y rester, oui, elle voudrait rester ici… », c'est ce qu'il leur avait dit.

« Ce n'est pas légal d'enterrer quelqu'un dans son jardin.

— Pas légal chez vous ! Et ce n'est pas un foutu *jardin* ! »

Mais ça n'avait servi à rien.

Travis avait quitté Sacramento sur un coup de tête, n'emportant que quelques affaires complètement inadaptées à l'Afrique mais ça ne semblait pas la déranger que tout le monde reluque en ricanant ses bottines fourrées et le long manteau de laine rouge dans lequel elle s'enroulait le soir en écoutant les lions rugir au loin. Harrison ne s'occupait jamais des touristes, c'était le boulot des rangers, mais la blondeur féline de cette fille l'avait littéralement happé quand avec Conrad ils l'avaient croisée au nord ce jour-là, dix ans avant sa mort. Ils partaient repérer une douzaine de buffles qu'il allait leur falloir capturer pour les vendre. Travis photographiait un gros phacochère avec son lourd appareil et ses petits bras, et sa chevelure, mon Dieu, sa chevelure, elle rayonnait. Elle avait souri à Conrad occupé à ôter une écharde de son pouce à l'aide de son couteau de chasse puis elle avait souri à Harrison, subjugué.

« Vous en avez de la chance », avait-elle murmuré, avant de continuer à mitrailler. Elle l'avait juste murmuré, ce n'était pourtant pas un secret. Oui, Harrison avait de la chance, mais il n'en avait jamais eu autant que ce jour-là.

Le soir même il était passé par le lodge où il l'avait trouvée, sirotant un cocktail, et il lui avait proposé de les accompagner, lui et Conrad, « le gars avec qui je bosse, celui qui a un…

— … genre de Stetson en peau de zèbre, je vois.

— C'est ça. Et donc euh… Vous avez déjà assisté à une capture de buffles ? »

Harrison s'était senti tellement gauche, tripotant maladroitement sa casquette, la froissant puis la défroissant entre ses mains sales, ni plus ni moins qu'un adolescent boutonneux sorti d'un film pour teenagers, il s'était senti différent, bête, et il avait eu une furieuse envie de déguerpir, et tiens, je me barre, qu'est-ce que ça peut bien me faire si elle dit non, une Américaine, non mais pour qui elle se prend, mais elle avait dit OK.

Alors son caractère bougon d'homme de la brousse avait repris le dessus :

« Bien, on vous emmène, mais pas question que vous soyez dans nos pattes.

— Ça me va.

— On ne s'arrêtera pas pour une girafe ou un rhino si ça fout en l'air notre planning.

— Ça me va.

— Et puis je ne veux pas être harcelé de questions. Je déteste gâcher ma salive.

— Ça me va.

— Ça nous fait faire un détour de venir vous prendre au lodge, alors pas de retard. Si vous n'êtes pas devant, on part.

— Ça me va. Néanmoins j'ai une question.

— Ça commence… », dit Harrison dans un soupir.

« Si ça vous ennuie tant de m'avoir avec vous, pourquoi me le proposez-vous ? »

Elle avait continué à siroter tranquillement son cocktail, Conrad s'était éloigné en se tenant les côtes, Harrison était là, tout suant après une journée de boulot, de la poussière plein les pores, une casquette toute tachée qu'il pressait comme une vieille orange. Après avoir repéré les buffles il avait passé l'après-midi à couper des cactus importés un jour du Mexique et qui commençaient à envahir une partie de la savane arborée, c'était son travail de Sisyphe hebdomadaire, déraciner et mettre dans la remorque des trucs piquants de la taille d'un arbre, alors que dix autres prendraient racine un mètre plus loin. Il était épuisé et son dos le lui faisait bien sentir. Par-dessus tout il sentait la sueur. Et la seule chose qu'il avait trouvé à répondre fut : « Je ne sais pas ». Tout de suite après il avait pensé quel con. T'as trente-huit ans et t'es qu'un con, Harrison. Travis s'était levée de sa chaise.

« Quelle heure demain ? »

Conrad se roulait une clope devant la porte et quand Harrison en avait franchi le seuil, il lui avait demandé comment ça faisait de perdre vingt ans en un instant.

Travis les avait accompagnés le lendemain, et le surlendemain, et les jours qui suivirent. La veille de son départ, Harrison lui a demandé si elle comptait revenir.

« Seulement si vous me demandez en mariage. »

Ils ne s'étaient pas embrassés ni rien, peut-être lui avait-il tenu la main un jour, quand ils renforçaient un pont dans la zone sud, parce que c'était pentu pour remonter du lit à sec de la rivière. La main. Il lui avait juste touché la main.

« Eh bien je crois que je vais tenter ma chance.

— Alors je vais y réfléchir », a-t-elle dit en s'en allant.

Quand elle est partie il n'a vu que ses cheveux, et un reste de sourire qui s'accrochait aux graminées.

Deux semaines plus tard, elle était revenue. Avec trois malles.

« Je les mets où ? »

Il avait dix ans de plus qu'elle. Les mains rêches. Une maison en foutoir au sud de la Réserve. Des bocaux où dormaient des fœtus de springboks et de koudous. Des dossiers et des plans qui recouvraient le canapé. Un squelette de guépard qu'il peinait à reconstituer. Un couple d'hirondelles à tête rousse qui avait élu domicile dans ses toilettes. Et une cuisine qu'il n'avait pas rangée depuis longtemps. Au matin de leur première nuit, elle a dit : « J'aime ton arbre aux singes. »

Au mur l'image se figea sur le sourire calme de Travis, ses yeux encore ensommeillés et sa chevelure emmêlée par la nuit.

Tandis qu'Harrison laissait couler sans les essuyer les larmes sur son visage, Juma lui demanda gentiment en lui prenant la main :

« Pourquoi elle n'est pas ici avec nous, puisqu'elle est morte aussi ? »

Harrison renifla.

« Elle n'appartient pas à ce pays. Je suppose qu'elle doit errer dans des limbes américains.

— Tss tss, pour toi on est dans les limbes comme tu dis, pour moi on est devenus des *bedimo*, rétorqua N'Dilo en faisant la moue.

— T'as l'impression de te balader dans les forêts et les rivières et de veiller sur tes descendants là ? On regarde des films de nos vies, c'est un peu différent.

— D'accord. Mais je suppose que tes "limbes" ne sont pas comme ça non plus.

— J'ai dit "limbes" parce que précisément je ne sais pas quoi dire d'autre. Je n'avais pas vraiment prévu de me retrouver dans un genre de hangar à mater les boîtes noires de nos existences. Je n'ai jamais cru à la vie après la mort moi.

— Mais y a pas d'après ou d'avant, c'est une continuité ! »

Juma les interrompit alors qu'ils se levaient pour en venir aux mains, les yeux haineux et déjà mal aux poings. « Vous vous battez pour des broutilles, on dirait moi avec mon grand frère. »

Harrison et N'Dilo se figèrent, penauds, et dans leurs regards quelque chose passa, puis ils s'apaisèrent et ils rangèrent leurs poings quand le mur redevenu blanc s'alluma à nouveau. Et que deux enfants apparurent à l'écran. Un Noir, un Blanc. Le nouveau titre les fit frissonner.

Quand Harrison Carter et N'Dilo Ubuntu étaient amis

1952-1957

Deux enfants de la brousse. Deux gamins si semblables à part la couleur, deux amis. Qui jouaient au lancer de crottes. Hauts comme trois pommes, il fallait voir leurs yeux briller dès qu'ils repéraient des excréments d'impala. Ils échangeaient un regard complice, se penchaient avec beaucoup de sérieux, ramassaient trois petites billes sèches et brunes, en ôtaient la poussière puis traçaient du pied une ligne au sol. Ils portaient la crotte à leur bouche, l'enrobaient de salive, se mettaient en position, et le cou tendu, les joues gonflées, ils envoyaient leur petit missile le plus loin possible, jusqu'à plus de dix mètres. Ils lançaient trois boulettes chacun. Le premier qui gagnait deux fois était sacré « champion de crotte » et effectuait une petite danse en tournant sur lui-même et en martelant le sol.

Oui, ils étaient comme deux frères, qui faisaient les quatre cents coups dans les années 1950, qui marchaient pieds nus sur les pistes et coursaient les phacochères, qui savaient distinguer les traces laissées par un cobra cracheur à cou noir de celles d'une vipère à cornes. On les appelait « les inséparables ». Comme ces petits perroquets qui se toilettent si souvent qu'on croit qu'ils s'aiment pour l'éternité. C'est ce qu'on croit.

Tous les deux avaient une mare secrète. Pas très grande, juste deux fois la taille du salon de la maison d'Harrison. Un petit point d'eau bien caché au milieu d'une mer de cassiers et de grands acacias, qu'ils avaient découvert par hasard en jouant parce que l'endroit était très peu accessible et qu'on avait autant de chances de le trouver que de tomber sur une vache au milieu de l'océan. Ils venaient parfois s'y poster à l'affût, sous le vent, pour voir les éléphants y plonger leur trompe, se désaltérer et s'asperger de cette eau qui devenait vite boueuse. Les éléphanteaux n'en finissaient pas de faire des batailles pour rire, tandis que les adultes avançaient plus profond dans la mare, remuant la vase et se trempant jusqu'aux épaules. N'Dilo et Harrison adoraient regarder les petits s'affronter, entrelaçant leurs trompes et poussant l'adversaire comme deux lutteurs paresseux. Mais un jour au cours de leur joute deux éléphanteaux se sont retrouvés gênés par une souche qui les empêchait de s'atteindre et la bonhomie s'est transformée en une soudaine furie et ils grognaient et s'excitaient et déchargeaient sur le bois mort leur rancœur d'être séparés, le chargeant comme des béliers et le repoussant de leurs défenses naissantes et c'était si drôle de les voir ainsi, résolus et entêtés, que N'Dilo et Harrison n'ont pas pu retenir un fou rire. La matriarche s'est figée. Puis le reste du groupe. Elle a levé bien haut sa trompe, en périscope à odeurs, battant lentement des oreilles, inquiète. Tous les petits ont rejoint leur mère ou leur tante, la famille s'est rapprochée elle a fait bloc tandis que la grande femelle avançait vers Harrison et N'Dilo, toujours allongés dans le fourré, le nez dans la terre et les mains sur la tête, dans l'espoir de devenir invisibles, je vais devenir invisible, je vais devenir invisible. Leurs cœurs ont semblé cesser de battre un instant, puis l'éléphante a secoué la tête et reculé, l'eau a clapoté un instant et la troupe s'en est allée, lentement.

« T'as eu si peur que t'as pété !

— C'est pas vrai.

— Si c'est vrai, je t'ai entendu, t'as pété t'as pété, Harrison a pété !

— T'as pas eu peur peut-être, toi ? »

N'Dilo a cessé de sautiller.

« Si, j'ai eu peur moi aussi. »

Ils sont rentrés calmement, sans chanter sans siffler sans se chamailler. Et Harrison a repensé à la jeune femelle, celle qui se massait l'œil en utilisant sa trompe comme un rouleau. Harrison était sûr qu'elle les avait sentis, lui et N'Dilo, et vus : elle avait pointé sa trompe dans leur direction quand la matriarche s'était figée. Elle savait, il en était persuadé. Elle avait trois entailles particulières à l'oreille gauche, trois encoches successives et rondes qu'elle avait dû se faire en s'accrochant dans un acacia et qui rappelaient un petit collier de perles. Pearl.

« Ce n'était pas un acacia. Mais j'aime bien mon nom quand même », dit Pearl, alors que le film continuait et qu'on voyait Harrison courir vers son père.

« Papa, on a vu les éléphants, tu sais, à la petite mare au sud-est, et comme on a rigolé, on a failli être…

— Quelle mare ? Il n'y a pas de point d'eau au sud-est, Harrison.

— Si, bien après le grand baobab il y a tous ces buis…

— Harrison, laisse-moi. »

Darren Carter était devenu distant avec son fils depuis la mort de son épouse, emportée par une crise de paludisme deux ans après la naissance d'Harrison. Il n'était heureux qu'en brousse, et le temps qu'il passait à la maison était consacré à la paperasserie plus qu'aux cajoleries. Issu d'une riche famille venue s'installer dans le pays après la Première Guerre mondiale et qui donnait dans l'exploitation minière, il n'était pourtant pas fait pour reprendre les mines de son père. Darren Carter était fait pour la chasse. À quatorze ans il tirait comme personne le koudou, le cobe ou l'impala, il avait ça dans le sang : pister, ajuster, viser, tuer. Alors tout naturellement quelques années plus tard il s'était mis à fournir en viande les ouvriers œuvrant à la construction d'un chemin de fer et qui trimaient sous un soleil féroce, fourmis exténuées transportant rails et traverses et crevant du palu. En 1945, Darren Carter devint leur fournisseur officiel, ça rapportait bien, ça rapportait si bien qu'il put acheter des terres et monter sa propre réserve de chasse, dans laquelle des Blancs riches ou célèbres ou les deux venaient ressentir le frisson particulier d'avoir tiré un lion, un éléphant ou un grand buffle et étaient prêts à payer des fortunes pour l'avoir comme guide. Il était l'un des meilleurs, capable de déterminer le sexe et la taille d'un animal d'un simple regard sur une empreinte, on l'appelait « le Sorcier », parce qu'il lisait dans le sol aussi sûrement que dans le *Western Herald* et qu'il ne se trompait jamais.

À la mort de sa femme, la brousse l'avait littéralement happé, comme un crocodile abattant ses mâchoires sur un gnou et l'entraînant au fond pour le noyer, la brousse l'avait attrapé sans espoir de retour et rien n'y faisait, son petit bonhomme l'attendant à la maison n'étant jamais aussi important qu'une traque.

Aussi Harrison passait-il tout son temps avec Tessia Ubuntu, la mère de N'Dilo. Si bien qu'il l'appelait parfois maman.

À l'écran apparut une grande femme élancée aux cheveux joliment tressés en spirales. Elle souriait à l'enfant blanc qui lui disait de sa voix flûtée en lui caressant le bras :

« J'aimerais bien avoir ta couleur des fois.

— Pourquoi ?

— Parce que c'est joli.

— Tu ne serais pas heureux, répondit Tessia en finissant de l'habiller.

— Pourquoi ? N'Dilo est heureux.

— Vous êtes des enfants.

— Oui, eh bien ?

— Crois-moi, c'est plus compliqué de devenir adulte quand on est noir. »

Tessia pensait pourtant qu'elle n'était pas à plaindre, Darren Carter la traitait correctement, en réalité il ne s'intéressait pas plus à elle qu'à son propre fils, et la laissait tranquille. Elle était jeune et pouvait élever N'Dilo, elle n'habitait plus au village, elle se sentait chanceuse.

Quand elle s'était présentée le premier jour à Darren Carter, elle avait mis son plus beau pagne, celui avec les entrelacs terre de Sienne, et sa sœur avait tressé ses cheveux sur le côté. Elle avait frémi quand elle avait vu les gigantesques défenses d'ivoire qui trônaient au salon, pensant que c'était fou qu'une seule petite balle puisse tuer un si gros animal aussi sûrement que plusieurs sagaies. Les murs n'étaient même plus des murs, c'étaient des têtes. Des trophées. Des dizaines de paires d'yeux de verre noir qui ne regardaient rien, des dizaines d'antilopes aux cornes immenses qui semblaient s'être encastrées un jour dans la pierre et en restaient hébétées. Tout en parlant elle avait caressé sans s'en rendre compte les cheveux d'Harrison qui s'était collé à ses cuisses. Elle avait vu un puits sans fond dans le regard de l'homme à qui elle s'adressait et sur la table d'ébène un Polaroïd en noir et blanc d'une jeune femme blanche en robe claire, la chevelure bien mise, assise les jambes croisées sur un rocher près du fleuve et qui semblait extrêmement heureuse de toucher son ventre rebondi en souriant à la personne derrière l'objectif. Tessia avait dit « J'ai un fils » sans mentionner qu'il n'avait pas de père. « Il doit avoir le même âge que le vôtre. » Et Darren Carter avait répondu en haussant les épaules « Il peut venir aussi. »

Elle s'installa donc dans le lodge, dont une grande partie était réservée aux clients qui y passaient leur première nuit avant de partir camper en brousse. La nourriture était livrée mais elle aimait pourtant de temps en temps emmener les deux bambins au marché. Elle les mettait dans une petite carriole qu'elle tirait sur la piste poussiéreuse et crevassée, puis elle slalomait entre les étals bigarrés de mangues gonflées et d'aubergines brillantes, de tubercules obscènes et de piments en griffes de félin, d'oignons longs et de tomates finissant de mûrir au soleil, et elle allait rejoindre les gens de son village dans la partie nord du marché pour de longues palabres qui la rendaient heureuse, les petits endormis dans ses bras et souvent passés à sa tante ou à l'une de ses sœurs parce qu'à presque deux ans ils étaient déjà lourds les marmots. Oui, N'Dilo et Harrison étaient comme deux frères. Qui s'inventaient des histoires, « on aura une réserve à nous ». Mais Tessia fut renvoyée alors qu'ils n'avaient tous deux que sept ans.

En mai 1957 un écrivain américain est venu chasser l'éléphant avec deux de ses amis, il était ventripotent il était rougeaud il avait les doigts boudinés et il suait, gros hippopotame nauséabond surnageant dans une mare de whisky. Comme à son habitude quand les clients arrivaient, Tessia faisait le service avec Neema, il était fréquent qu'une main étrangère se trouvât sur ses fesses alors qu'elle versait du vin mais ce n'était rien, rien qu'une main, pourquoi se formaliser, ça n'allait pas plus loin. Puis ces messieurs allumaient des cigares et elle s'attaquait à la vaisselle avec Neema, qui lui racontait les dernières histoires du village, Idriss avait encore dû reconstruire la case et Namia avait perdu deux chevreaux en deux nuits, une hyène était venue qui les avait pris, ne restaient que des traces et du sang, il fallait consolider l'enclos, encore. Après Tessia allait voir Harrison et remontait la couverture sous son menton en lui caressant le front. Puis elle allait dans sa propre chambre et chatouillait N'Dilo sur le ventre, il souriait dans son sommeil et elle souriait aussi, elle n'était pas si mal, sa vie.

C'est arrivé très vite. Un instant elle riait sur le perron en regardant le gros Américain tituber dans le jardin, et l'instant d'après une main était sur sa bouche et une haleine était dans son cou. La tête de Tessia a cogné la pierre du perron, un engoulevent a pris son envol, un hétérocère s'est fait gober, un pagne à motifs géométriques verts et jaunes a été déchiré, un sexe a cherché sa voie, des cuisses ont tremblé et des pieds se sont débattus, une pogne furieuse a appuyé plus fort sur une fragile bouche, Tessia a failli étouffer, elle a voulu mordre la main mais sous la pression ses lèvres ne pouvaient pas bouger, alors elle a fermé les yeux en flashs noirs et en larmes et elle a senti ses chairs se déchirer tandis qu'au loin un grand lion appelait sa troupe et que la savane elle aussi s'apprêtait à subir son lot de carnage. L'Américain, le plus jeune, l'ami de l'écrivain, s'est relevé en tanguant, laissant une pauvre chose recroquevillée dans l'herbe qui cherchait désespérément à couvrir son corps en rabattant son pagne, et un enfant de sept ans, les yeux entre sommeil et terreur, qui répétait « maman ? ».

À l'écran apparut Darren Carter, qui disait de sa voix grave en regardant au-dehors :

« Je suis ennuyé. Ennuyé car si la pluie ne cesse pas je ne pourrai pas repérer les empreintes. »

Devant lui Tessia resta interloquée.

« Mais… que comptez-vous faire… pour hier soir… à propos de l'homme ?

— Que veux-tu que je fasse ? soupira-t-il en continuant à regarder le soleil essayer de percer le mur de nuages et le mur de pluie fouetter les acacias parasols.

— Mais… ? Le punir !

— Je ne vais pas faire ça. »

Tessia sentit la terre se dérober sous ses pieds, son cœur se tordre et ses yeux brûler.

« Vous…

— Cette maudite pluie devrait avoir cessé depuis longtemps. »

Darren Carter soupira derechef et alluma une cigarette.

« Neema m'avait dit de ne pas venir vous voir. Que l'homme blanc se moque bien d'une femme noire. »

Neema ne lui avait pas tout à fait dit ça. Neema en lui caressant les cheveux la veille et en la serrant fort lui avait dit que ce n'était certainement pas le pire qui puisse lui arriver, qu'elle avait une bonne place, que N'Dilo était heureux, et qu'un bâton blanc dans son corps n'était rien de plus qu'un bâton, que des centaines de filles en vivaient, qu'Ababuo était partie en ville pour ça.

« Ababuo ?

— Oui, Ababuo. »

Qu'elle devrait réfléchir et ne pas embêter le bwana. Tessia lui avait répondu que non, « Ce bwana-là est un homme bon ». Neema avait secoué la tête.

« Tu aurais dû écouter ton amie.

— Vous n'avez pas de cœur, monsieur Carter. »

Elle recula d'instinct dès la fin de sa phrase. En serrant les mâchoires, les yeux tout ronds, elle regarda avec frayeur Darren Carter la fixer comme s'il avait le pouvoir de la faire disparaître à jamais. Et il l'avait.

« Tu prends tes affaires et tu emmènes ton fils. Quand je rentre, tu n'es plus là. »

Darren Carter mit son chapeau en murmurant « Maudite pluie » avant de faire un grand signe de la main aux trois Américains qui traversaient le jardin. « Chasse pluvieuse, chasse heureuse ! » leur dit-il gaiement en leur serrant la main, tout en pensant que si ça ne s'arrêtait pas, ils ne rencontreraient peut-être même pas de bubales. Mais ça s'arrêterait.

Le violeur ne jeta même pas un regard à Tessia.

Le plan changea pour laisser apparaître le petit Harrison demandant à N'Dilo :

« Vous allez où ?

— Je ne sais pas. Mama ? »

Mais Tessia ne répondit pas.

Dans l'entrée du lodge ils se tenaient debout, silencieux prisonniers du cliquetis entêtant des dizaines d'horloges comtoises que le père d'Harrison faisait venir d'Europe et collectionnait comme s'il voulait se convaincre que le temps passait vraiment et qu'il finirait par rejoindre sa femme, sûrement. Et les aiguilles tournaient, les balanciers se balançaient, les tic-tac se faisaient enfer et tous les trois se regardaient comme quand on se perd, les enfants sentant confusément dans leur petit ventre que leur temps à eux s'était bel et bien arrêté.

Harrison rompit le silence en tirant sur le pagne de sa nounou : « Quand est-ce que vous revenez ? » Il s'entêta il répéta il cria : « Quand est-ce que vous revenez ? Quand est-ce que vous revenez ? », pour ne pas entendre en lui la réponse qu'il connaissait déjà.

Tessia lâcha la main de N'Dilo, elle s'agenouilla et, prenant l'enfant blanc par la taille, lui murmura :

« Tu seras un bon garçon, promets-moi. »

Elle le serra dans ses bras.

« Je penserai à toi, kidogo mtu, je penserai à toi .»

Puis elle se leva, saisit son fils et le baluchon contenant leurs affaires et s'en alla. Sans un seul regard au lodge dans lequel elle avait passé presque cinq ans, elle s'en alla le menton haut et le regard au ciel, mais ça ne suffit pas à retenir ses larmes. Il n'y avait personne pour la conduire en ville. Elle s'essuya rageusement le visage en accélérant le pas.

Quelques instants plus tard, Harrison courait aussi vite qu'il pouvait sur la route boueuse en s'époumonant, « Attendez ! », puis il s'arrêta devant son copain, les souliers crottés, les joues rouges et une plume à la main, une rémige de rollier à longs brins. Il en avait tordu le calamus en la serrant trop fort mais les yeux de N'Dilo brillèrent tout de même comme devant un trésor car l'enfant se souvenait bien du jour où ils avaient tiré l'oiseau, c'était quelques semaines plus tôt, alors qu'ils jouaient du lance-pierre comme souvent lors de leurs virées en brousse, visant des tourterelles, des astrilds, des gangas à gorge jaune ou des engoulevents. Ils avaient repéré en même temps ce bel oiseau au ventre et à la queue turquoise, au dos cannelle et à la calotte vert clair, qui s'était mis à l'affût sur une branche basse. C'était au tour d'Harrison qui avait donc tendu les bandes de caoutchouc, fermé son œil gauche, retenu sa respiration, et l'oiseau avait dégringolé comme un petit ange bleu, « Alishinda ! » Harrison s'était occupé du feu tandis que N'Dilo plumait et vidait le butin avant de l'embrocher sur un bâton, et pour eux c'était toujours la même fête, de s'accroupir près des flammes, d'installer la broche sur les deux fourches de bois fichées dans le sol sec, de la tourner chacun leur tour avec le même air absorbé.

« Car ce qui a été tué doit être mangé, leur avait dit le père d'Harrison.

— Même le lion ?

— Non, pas le lion, avait-il répondu sans que les enfants comprennent pourquoi.

— Alors on en fait quoi, quand on lui a enlevé sa peau ? »

La vidure était laissée aux fourmis et aux petits carnassiers, et avant de partir Harrison prélevait toujours une plume sur l'aile coupée de l'oiseau, pas deux, pas trois, pas plus, juste une.

« C'est ce qui fait sa valeur », avait-il expliqué fièrement à N'Dilo. C'est ainsi qu'il avait dans sa chambre une multitude de colliers de rémiges réunies par de la ficelle pendant au plafond ou à la porte de l'armoire ou à la tête du lit, comme des coiffes de chef indien mal réalisées. Mais de rollier il ne possédait qu'une seule plume, turquoise et aux reflets moirés, dont N'Dilo avait dit qu'elle était sa préférée. Avec celle d'un martin-pêcheur, mais celui-ci, ils ne l'avaient pas visé, ils l'avaient juste trouvé mort, comme ça, à la lisière d'un tombeau de roseaux. Alors oui, c'était un beau cadeau. Que N'Dilo garda à la main une bonne partie du chemin avant de le glisser dans sa poche en arrivant en ville car il ne voulait pas le perdre, ou que des souliers l'abîment, que des roues l'écrasent ou l'emmènent loin, trop loin si par malheur il le laissait tomber.

Dans le centre, un policier en veste cintrée et short d'un blanc impeccable, juché sur une estrade et protégé du soleil par une ombrelle couleur crème, remonta prestement ses grandes chaussettes brunes et bâilla brièvement avant de se remettre à faire la circulation. Mais l'heure était si étouffante que les voitures se faisaient rares, leurs conducteurs préférant prendre un thé ou savourer une limonade en s'éventant sous les arcades paisibles de beaux hôtels aux murs pâles. Sous l'ombrelle qui ne le protégeait qu'à moitié, le policier en sueur sourit à Tessia qui traversait la rue, lui lançant même un compliment dans leur langue en inclinant la tête et en touchant son képi d'un air malicieux, mais la jeune femme ne se retourna pas. Elle n'avait d'ailleurs plus jamais envie de se retourner sur quoi que ce soit : le passé ne la rattraperait pas, elle irait de l'avant, se disait-elle en serrant les dents. Trottinant derrière elle, N'Dilo se lécha les babines en passant devant les mangues du vendeur ambulant. Lui aussi pensait à l'avenir, demain il jouerait de nouveau avec Harrison, car même s'il n'habitait plus au lodge pour une raison qu'il percevait mal, demain était lundi, et il en était ravi. Quand Harrison lui avait crié en agitant la main « On se verra à l'école ! », il avait souri malgré ses larmes.

Mais Harrison ne retourna pas à l'école. Trois jours après, il partait pour l'Angleterre avec sa tante et le mari de celle-ci.

Le plan se figea sur les dos de Tessia et de son fils qui s'engouffraient dans une ruelle, à droite.

Harrison joignit les mains et les mit sur sa bouche et son nez comme un inhalateur. Il regarda N'Dilo qui baissait les yeux.

« Je ne savais pas pourquoi vous étiez partis. Que ta mère avait été… Je ne savais pas.

— Maintenant tu sais. M'est avis que c'est pour ça qu'on nous a réunis, pour savoir.

— Je crois aussi.

— Un jour ma mère aussi a été fécondée par un grand mâle mais en fait ce n'était pas lui qu'elle préférait, c'était…

— La ferme, Pearl ! » s'écrièrent ensemble N'Dilo et Harrison.

L'éléphante se mit à sucer sa trompe, et Juma demanda : « Alors tu es rentré en Angleterre ? C'est comment, là-bas ? »

Quand Harrison était en Angleterre

1957-1970

Des souliers trop serrés qui vous blessent le talon, une circulation incessante qui vous pique le pif, des transports souterrains qui agressent vos oreilles et perturbent votre sens de l'orientation, ah ça quelle idée de voyager sous terre, c'est comme courir les yeux fermés. Pour un enfant habitué à arpenter nu-pieds la savane emplie de zèbres, d'éléphants et de damalisques, Londres présentait bien peu d'attraits si ce n'est celui d'apprendre à surmonter des peurs inconnues. Alors oui, la première année, Harrison était perdu. Perdu quand devant son pupitre d'école il regardait la cour bitumée en cherchant à se souvenir de l'odeur de la terre, perdu sous son duffle-coat en maudissant la pluie froide – comment de l'eau peut-elle glacer les sangs comme ça ? – perdu sous la couette à grelotter quand il tombait malade avec des cascades coulant de son nez, perdu car ce pays était trop blanc, qu'aucune nounou ne passait son temps à le câliner et que son oncle disparaissait derrière son *Evening Standard* tandis que sa tante lui interdisait de parler swahili, « ils vont te prendre pour un petit idiot ». Du coup l'enfant se mettait à chanter à tue-tête en sautant dans toute la maison « *Maua mazuri yapendeza, Maua mazuri yapendeza, Hakuna limoja lisilo pendenza, Ukiyatazama, Yanameremeta, Hakuna limoja lisilo pendeza…* », jusqu'à ce que sa gorge le brûle et que sa voix déraille et que ses pleurs de rage le fatiguent et que cette comptine de son pays finisse par faire ce qu'elle était censée faire, le bercer malgré ses hoquets, frêle gamin prostré dans son lit.

Alors sa tante écrivait une lettre à son frère en Afrique en soupirant presque à chaque ligne, et le matin en la posant sur la table du salon elle haussait les épaules en disant : « À quoi bon ? Darren se préoccupe plus de ses fusils. » L'oncle d'Harrison sortait son long tarin de son journal et regardait bizarrement son neveu qui baissait les yeux et s'éloignait à reculons comme s'il venait de rencontrer un lion, avant de replonger ses neurones, qui ne comprenaient rien aux mômes de toute façon, dans l'encre odorante et inoffensive de l'*Evening Standard*. Inoffensive sauf quand certaines pages annonçaient l'imminence de l'indépendance des colonies en Afrique. Mais en 1960 le « Wind of change » dont le Premier ministre Macmillan se glorifiait lors de ses discours à Accra et au Cap ne le fit même pas frissonner. Comme beaucoup, il avait depuis longtemps assuré ses arrières, bien qu'il sursautât à chaque fois qu'il trouvait Harrison dans son dos.

« *Bloody hell* tu es assez grand pour apprendre à marcher comme tout le monde (c'est-à-dire, en faisant du bruit) car tonton n'est pas un animal, *for Christ's sake* ! »

Les animaux manquaient à Harrison, les parties de lance-pierre aussi, parce que, en tirant les moineaux au coin des rues on se faisait engueuler, et en tirant les canards à la campagne on se faisait confisquer son arme, mais c'est vrai qu'un canard c'est gros, trop gros pour avoir le cœur à le manger en milieu de matinée. Oui les oiseaux, les pachydermes, les antilopes et les félins lui manquaient, ce n'était pas pareil au zoo, ça n'avait rien à voir, et les odeurs aussi, et la savane tout entière en vieille paille ou en vert qui crève les yeux, et aussi quelque chose d'autre qu'il n'arrivait pas à définir, un battement de moins dans la poitrine, ou un battement en trop, un petit rien qui suffisait à le faire se sentir lointain. Mais les paysages de son enfance, Harrison les avait retrouvés dans un livre intitulé *My African Journey*, écrit par un certain Winston S. Churchill, un ouvrage qu'il avait trouvé dans le bureau de son oncle et qui semblait n'avoir jamais été ouvert. Même s'il sentait le vieux. Harrison sautait beaucoup de passages mais en relisait certains, encore et encore, à n'en plus finir, avant de s'endormir. Et parfois il pensait à son papa. Et parfois aussi, il priait pour qu'on l'autorise à enlever ses chaussons. Marcher pieds nus, ne serait-ce que sur les tapis.

En 1960 Harrison ne ressemblait plus à l'enfant de la réserve qu'il avait été, ou du moins il le cachait. Il venait de fêter ses dix ans quand il se fit enfin une alliée, et une amie, de son extravagante cousine Lucy, qui avait cinq années et vingt centimètres de plus que lui, sans parler de sa poitrine qui bougeait joliment. Il expliqua avec un grand sourire à la jeune fille :

« Nous, on fait ça avec des crottes d'impala… Mais ça marche aussi avec les crottes de chèvre.

— En moins exotique, je suppose. Allez l'Africain, on commence, je suis sûre que je vais te battre. »

Grâce à Lucy les vacances dans le Gloucestershire prenaient des airs de fête. Autant Lucy s'enivrait des souvenirs d'un autre continent que lui racontait son cousin – souvenirs qu'inconsciemment il embellissait à force de s'y raccrocher –, autant Harrison se trémoussait quand Lucy lui faisait écouter Bo Diddley ou Chuck Berry. Il pouvait écouter *Johnny B. Goode* vingt-sept fois de suite, il avait compté. En juillet cette année-là, il découvrit avec Lucy le dernier tube des Shadows, *Apache*, et apprit sous les fous rires de sa cousine qu'il pouvait tout à la fois exulter et crever de larmes. Sans savoir pourquoi. Au contraire, le rockabilly d'Eddie Cochran le laissait de marbre.

« Fais un effort, il vient de mourir, lui disait Lucy.

— Ben ça ne change rien, si je ne comprends pas ce dont il parle.

— Et il parle de quoi ? le nargua Lucy.

— Ben… des filles.

— Alors, rappelle-moi de ne pas te faire écouter *Georgia on My Mind* !

— Tu te moques, je sais bien que c'est pas d'une fille qu'il parle, Ray Charles.

— Dis donc, t'es plus futé que je le croyais !

— Ben t'as pas le monopole du transistor.

— Le monopole ? *Wow*, Harrison, je te promets que si tu arrêtes de dire "ben" à chaque début de phrase tu feras un très chouette adulte. Allez viens, on nous attend dans le jardin, dit-elle en le prenant par la main. On devrait faire une entrée remarquée qu'est-ce que t'en penses ?

— À quatre pattes, en imitant le phacochère ?

— Vendu. »

Ce jour-là, en salissant leurs habits dans un jardin du Gloucestershire, devant les regards outrés des grandes personnes qui, entre champagne et sandwiches, ne savaient plus dans quelle main tenir leur cigarette, Lucy et Harrison scellèrent un pacte d'amitié farouche : eux, le rock et l'insouciance, contre le monde, ou du moins ce qu'ils en connaissaient. C'est-à-dire pour Harrison, son oncle, sa tante, et ses professeurs, et les filles. Sauf peut-être une de sa classe, mais qui, à dix ans et demi, dénonçait l'impérialisme britannique en se pinçant le nez.

« Tu n'y connais rien, t'as même pas été là-bas !

— J'en connais plus que toi car mon papa est un intellectuel.

— Mais mon père à moi il n'est pas méchant.

— N'empêche qu'il est toujours en Afrique, il aurait pu rentrer… »

Elle disait ça à cause de l'indépendance, mais Harrison l'entendit comme un orphelin.

Quatre ans plus tard avec Lucy il lâchait le rock d'Elvis et de Gene Vincent pour de la soul et du rythm & blues, mais pas que, et se soûlait l'été sur la côte Sud en écoutant les disques de la *Motown* ou ceux du Spencer Davis Group, de Georgie Fame ou des Yardbirds, au beau milieu de jeunes gens d'une vingtaine d'années sous amphétamines qui se disaient *mods*.

Ce fut la première cuite d'Harrison qui entre deux haut-le-cœur s'était cru sur une pirogue et répétait sans fin que son père allait revenir : « J'crois que mon père va quitter ses fusils va quitter ses clients va quitter ses campements de brousse va quitter tout à pied et par la route et puis s'il le faut il va nager ou alors ouais, il prendra l'avion, ouais, mon père va venir, je lui ferai écouter *Every Little Bit Hurts*, "*Every little bit hurts, every little bit hurts, every night I cry, every night I sigh, every night I wonder why you treat me cold, yet you won't let me, let me quoi déjà, ah, let me go*", et puis je couperai la chanson parce qu'après ça parle d'une fille », ensuite il tituba jusqu'à une banquette et tout devint noir.

Au matin Harrison, qui ne se souvenait plus comment il était arrivé dans son lit, jouait avec les draps, les séparant de son corps en les montant bien haut pour les laisser retomber sur ses jambes et créer une sensation de caresse et de fraîcheur, car il était en sueur. Il se demandait si la voix de sa tante allait lui déchirer les oreilles, il se demandait si son oncle serait déjà parti au golf, il se demandait quelle heure il était et combien de temps l'engueulade allait durer. Mais d'engueulade il n'y en eut pas.

« Salut », lança-t-il d'une petite voix penaude en baissant les yeux et en se frottant les cheveux. La pendule indiquait 11 heures.

« J'peux encore me faire des œufs ? »

Pas de réponse. Bon. Il sortit la poêle et les œufs, tendit la main vers le bacon mais se ravisa, il n'était pas très sûr de son estomac. Il regarda le blanc crépiter et se soulever comme s'il respirait et brunir joliment, il fixa la poêle et éteignit le gaz juste avant que tout n'attache, puis il s'assit à la table de la cuisine, et son oncle et sa tante s'assirent avec lui.

« J'ai un peu abusé, je sais, mais ça ne se reproduira plus, je suis déjà puni vous savez, un mal de crâne comme si on me le matraquait à coups de club de golf ! J'suis désolé si j'ai fait du bruit hier, je ne me souviens pas bien, je...

— Lucy est morte.

— Mais non elle n'est pas morte, elle était avec moi hier et...

— Danny et elle ont eu un accident après t'avoir raccompagné de la discothèque. »

Les œufs ont fini à la poubelle.

L'enterrement s'est passé trop vite, comme un au revoir bâclé. Lucy aurait aimé qu'Harrison barrisse et qu'il s'asperge de la boue des flaques des allées du cimetière, ou qu'il imite une dernière fois le phacochère, mais il n'en avait pas le cœur, seulement il déclina le parapluie que sa tante lui tendit et resta devant le cercueil et le grand trou à se faire tremper. Jusqu'à ce que tout le monde finisse par s'en aller.

L'image se figea sur la fosse dans laquelle dormait le cercueil, en attendant ses draps de terre.

Tout le long de la projection Juma garda les yeux écarquillés, Pearl somnola, Harrison serra les mâchoires.

Ce fut N'Dilo qui brisa le silence :

« C'est ça, vos rites funéraires ?

— Ouais, c'est moche je sais, répondit Harrison en hochant la tête.

— Chez moi, ça ne se serait pas passé comme ça, ah non ! Bon, ça aurait duré moins longtemps que pour un chef de tribu ou même une grand-mère...

— Mais au contraire, ça devrait être plus important, qui s'attendrait à ce que parte une enfant de dix-neuf ans ?

— Ici, des enfants, il en meurt tout le temps. C'est d'avoir vécu assez longtemps pour avoir une descendance qui est important. Et puis ça va dépendre aussi de la mort. Si c'est à cause d'une malédiction, c'est différent.

— Une malédiction, évidemment, ça change tout, soupira Harrison en roulant des yeux.

— Oui. La sorcellerie. Comme pour ton père.

— Mon paternel aurait souffert d'un agent persécuteur ?

— Oui. Un sacrifice *sabara* a été fait à sa mort. Et le poulet est retombé sur le côté. Ce qui prouve bien que quelqu'un l'avait ensorcelé.

— Évidemment. Et chez toi, comment elle aurait été enterrée Lucy, si elle avait été grand-mère et pas adolescente et si le poulet n'était pas retombé sur le flanc mais sur le dos ?

— Avant que les rites commencent, il aurait fallu régler toutes les querelles et les dettes.

— C'est une bonne idée. Nous, on fait ça après. Enfin on essaye. Et souvent ça empire. Et une fois que c'est fait ?

— Alors tout peut commencer. Ça peut durer longtemps. Les funérailles de ma grand-mère Namutebi ont duré plusieurs jours. Elle nous avait recueillis maman et moi après que ton père nous eut chassés. »

À l'écran des images apparurent, celles d'un enfant qui touche sa mamie, dans l'obscurité d'une case.

Quand on enterra Namutebi

1958

Toute grise et toute froide. Grise et froide, y a pas d'autres mots, « Tiens, je te donne un pagne pour que tu aies chaud », c'est ce qu'on dit à sa grand-mère quand on a huit ans et qu'on se réveille la nuit, et après on va faire pipi derrière la case.

Au petit jour la maman de N'Dilo avait fait le tour du village, svelte et alerte malgré son gros ventre, pour prévenir tout le monde, c'était important, le dernier décès avait été une mort sans dents, de celles qui n'appellent aucunes festivités, un bébé qui n'avait pas atteint les deux mois. Là c'était différent, Namutebi allait rejoindre les Ancêtres.

« Est-ce qu'il y aura des danses et des chants comme pour Kyunda Mbaki ?

— Oui mon garçon, il y aura des danses, et des chants, pendant six jours. Et il faudra en faire beaucoup, ça adoucira son passage, et notre chagrin.

— Je n'ai pas de peine puisqu'elle voyage, je danserai pour elle, beaucoup.

— Vizuri… », dit Tessia en souriant et en ôtant une épine d'acacia de la tignasse de son fils.

Le poulet sacrifié retomba sur le dos, « C'est bien », avait dit le sorcier, les rites pouvaient débuter, on appela le chef du village. Et tandis que les préparatifs commençaient, les sœurs de Tessia rentrèrent dans la case, arrachèrent les ongles de leur mère et lui coupèrent les cheveux pour aller les brûler dans la brousse avant d'en enterrer les cendres. Une dizaine de mètres plus loin, indifférente, une antilope se laissait placidement nettoyer les oreilles par un pique-bœuf. Quant à Tessia, elle restait bien à l'écart, une femme enceinte ne touche rien d'un mort, et regardait le bec rouge de l'oiseau s'activer sur les tiques et autres parasites de l'impala immobile, les yeux en billes d'ébène tournés vers le soleil quand la bête s'effondra et que l'oiseau brun s'envola : l'animal qu'on mange aux funérailles se doit d'être sauvage, et ses yeux seront mis dans la sépulture. Parce que quatre yeux valent mieux que deux pour veiller sur les vivants.

Les chasseurs vinrent récupérer leur flèche et emmenèrent l'antilope toute molle sur leur dos pendant que le petit sac de tissu contenant un peu de Namutebi finissait de se consumer, les volutes s'élevant vers le ciel comme une plante qui grandit sur une tige de fumée.

Au village, les femmes martelaient le sol de leurs pieds nus, et la terre vibrait sous les percussions des dizaines de talons secs et crevassés, comme les battements d'un cœur qui s'emballe dans la poussière. Une vieille femme avait tressé quatre paniers miniatures, une autre était accroupie et frottait les ustensiles de cuisine de la défunte avec une graminée sauvage en psalmodiant. Le rituel de neutralisation allait finir bientôt, on allait détruire les petits paniers et ainsi pouvoir se partager les grands ; les casseroles, les calebasses et les pilons allaient être distribués aux filles, ils n'appartiendraient bientôt plus à la morte, la vie pourrait continuer, et juste après on sortirait les tam-tam et les grands mvett pour faire vibrer les vivants, les morts et la savane tout entière. Oubadi le sage jouait déjà de son lamellophone aux deux claviers en pointe dont il avait juste fini de sculpter le masque qui en ornait le dos, même la barre de pression il l'avait dentelée, c'était un merveilleux instrument qu'il caressait comme une femme et qu'on entendait à peine, comme un murmure adressé à ceux qui voulaient bien tendre l'oreille, un secret se perdant dans les murs de pisé.

Pendant ce temps les hommes revêtaient leurs parures. De perles et de plumes et parfois de crinières ils se paraient pour des festivités qui ne laisseraient dormir personne car ce serait beau, ce serait mouvant, on y verrait le plus de couleurs possible et ce serait surtout bruyant, on ne ferait pas les choses à moitié pour Namutebi Dié. Dans tout le village les gauchers devenaient droitiers et les droitiers gauchers, les danseurs arrivaient à reculons car ce jour-là on inversait tout et malheur à celui qui ne respectait pas la règle, à part les enfants qui continuaient à jouer et tombaient le nez dans la terre et qu'on allait chercher par les bras, par les jambes ou par le cou, pour qu'ils s'asseyent et finissent par s'endormir en tas, comme de petits charniers qui ronflaient gentiment.

À la nuit tombée, quand la lune fut haute, à la lueur des torches et au son des tam-tams on porta le corps, se le passant de bras en bras dans une farandole effrénée, les parures secouées et les attributs lancés en l'air et les perles s'entrechoquant, car il n'y a rien de pire que le silence pour un ancêtre, et avant de mettre en terre Namutebi chacun la toucha pour lui demander de l'aide, pour qu'un enfant aille mieux, pour qu'un mari revienne des mines, pour que les sauterelles n'arrivent pas en nuage grouillant grondant et affamé comme l'année précédente, pour qu'on ait moins mal au ventre, pour qu'une plaie guérisse, pour que la vache ne meure pas en vêlant. Ensuite, on mit Namutebi dans son trou et on la retourna, sur le dos et après sur le ventre, la tête d'un côté et la tête de l'autre, pour qu'elle soit libre de ses mouvements, alors enfin on plaça les yeux de l'impala à côté de son flanc et on la recouvrit de terre, en dansant comme si ça ne devait jamais s'arrêter. Six jours à entendre la terre chanter, six jours à voir le village excité, six jours de sacrifices, de maigre ripaille, de pilons qui pilonnent et d'odeurs de manioc, six jours de transe.

Au matin du sixième jour, les femmes qui n'avaient pas encore enfanté vinrent prélever un bout de la natte de

Namutebi. Et puis ce fut fini. De l'autre côté du village, un voleur de zébus se faisait couper les tendons d'Achille.

Au soir du sixième jour, quand la nuit fut bien tombée les parures bien rangées les instruments exténués bien rentrés et la musique bien endormie, Tessia se redressa sur sa natte. Le plus doucement possible elle sortit dans l'obscurité, seule ombre mouvante sous la lune, et elle marcha à petits pas, courbée en tenant son ventre comme si elle voulait s'assurer qu'il arriverait bien là où elle s'en allait. Elle s'agenouilla auprès de la tombe de sa mère et gratta la terre, ça dura si longtemps que sa serpe aussi était fatiguée, mais elle y arriva. Un morceau de bras. Alors elle posa l'outil et elle se pencha et de sa main elle toucha la peau pleine de terre de Namutebi, elle la toucha longuement, puis elle passa sa main sur son ventre, cambrée dans la nuit, les yeux clos, elle passa et repassa la main sur son ventre dans une caresse de mort. L'image au mur se figea sur son sourire éteint.

N'Dilo baissa la tête et murmura :

« Alors, c'est pour ça que le bébé est né difforme.

— Difforme comment ? demanda Pearl.

— Il avait des moignons de mains, et aux pieds, ses orteils étaient restés collés. Il n'a vécu que deux jours, personne n'a voulu l'allaiter, et on a su qu'il était mort quand on a vu les nuées de mouches.

— Il était métis, je parie ?

— Oui, Harrison, presque blanc. Et il avait déjà des petites dents devant.

— Des dents ?

— Oui, des dents. Quand ma mère s'apprêtait à mourir deux ans après, elle n'arrêtait pas de répéter que c'était de la faute de ce bébé-là. Qu'il l'avait grignotée en dedans. »

Juma était pensif.

« Je crois que mes parents aussi ont eu peur quand je suis né. Enfin je pense, car j'étais le premier.

— Ma sœur a eu un éléphanteau albinos, ça ne nous a pas fait peur, il était juste tout rose, et le soleil lui faisait mal.

— Moi aussi le soleil me brûle, c'est pour ça que je suis parti de nuit… et aussi parce que c'est quand je dormais qu'on m'a coupé mon bras. Alors la nuit je ne voulais plus dormir, je marchais. »

Sur le mur une lune apparut, avec un petit homme qui bravement marchait en dessous.

Quand Juma s'est enfui

Février 1998

« Je n'ai pas peur des esprits. Les esprits de la nuit ne coupent ni bras ni jambe. Les esprits de la nuit se cachent derrière les arbres ou derrière les buissons ou derrière la colline. S'ils se cachent autant, c'est peut-être parce qu'ils ont peur. Même que peut-être ils ont peur de moi. »

Alors Juma leur parlait tout le temps, pour les rassurer, eux. Car il n'avait pas besoin d'être rassuré, lui. Non, pas besoin.

« Il ne peut rien m'arriver. Je frissonne parce que j'ai froid, c'est tout. »

Il lui restait combien de kilomètres à parcourir ? Trop. Pas assez. La frontière il l'atteindrait dans deux semaines, peut-être plus, mais peut-être moins, ça dépendrait des montagnes, ça dépendrait des forêts. Mais quand il l'aurait atteinte plus personne ne voudrait vendre des morceaux de lui, aucun homme ne pourrait vouloir lui prendre aussi la langue, comme ils l'avaient prise à sa petite sœur Kahia cette nuit-là.

Cette nuit-là. Trois mois avant.

Cette nuit-là, deux hommes étaient entrés dans la case endormie et le temps que les parents et les enfants sortent de leurs songes, les hommes avaient sectionné le bras gauche de Juma à la machette et la langue de Kahia au couteau, ne laissant sur leur passage que des cris de douleur et du sang partout qui avait giclé loin sur les nattes de raphia.

Tout le village s'était réveillé, tout le village avait couru, tout le village avait cherché, mais les deux hommes, leurs couteaux, leurs machettes et leur butin étaient déjà loin. Les voleurs avaient aussi pris quelques tresses de la petite fille, pour les vendre aux pêcheurs : un cheveu d'albinos dans un filet attire le poisson. Le reste, c'était pour les amulettes ou les potions.

Juma cessa de regarder l'écran, baissa la tête et déclara en touchant son moignon :

« Si les albinos portent chance comme ça, je me demande pourquoi on n'en a pas, nous. M'est avis qu'on devrait plutôt être invincibles, mais non, nous le soleil il nous agresse, il tue notre peau petit à petit, on a de grosses plaies qui croûtent, ça n'a rien de joli. Malina elle ne m'aimait pas pour ça. Quand j'étais vivant et avant qu'on me vole mon bras je rêvais toujours de l'embrasser sur sa joue qui avait l'air si douce mais avec mes lèvres sèches et mes dents en avant elle n'aurait pas aimé. Dans mes songes je me souviens je devenais noir, et je lui tenais la main.

— Tu as été très courageux de t'enfuir, lui murmura Harrison en le prenant par l'épaule.

— Oh, ça ne pouvait pas être pire. On n'est pas faits pour le jour, et chez nous la nuit on nous découpe. Il paraît qu'une de nos jambes vaut dans les 2 000 dollars. Je me demande encore maintenant combien ils ont vendu mon bras.

— Notre ivoire est vendu à plus de 1 000 dollars le kilo. Mes deux défenses en pesaient quatre-vingts. Et nous, on meurt à chaque fois. Tu as de la chance.

— Pearl, tais-toi…, dit doucement Harrison.

— Elle a raison. Et puis j'en ai eu, de la chance. Que tu t'occupes de moi.

— C'est toi qui as fait en sorte d'arriver. »

À l'écran Juma dormait. Il avait été conduit à l'hôpital, c'est sa mère qui avait insisté : « Et il y reste jusqu'à temps qu'il soit guéri, on ne le ramène pas juste après comme son grand-père. C'est dit. » Quelques années auparavant le vieil homme s'était profondément entaillé le pied avec sa hachette, au dispensaire on lui avait fait des pansements, et puis il était rentré. Sa jambe avait gonflé comme un gros rat tombé dans le ruisseau, restant accroché dans des roseaux, pourrissant sous le soleil de plomb, une enflure qui remontait jusqu'à la cuisse et ça puait. Ça puait tant dans le quartier que les hommes mettaient des tissus sur leur nez, que les femmes se protégeaient avec un coin de leur pagne et que tout le monde évitait la maison. La mère de Juma était la seule à approcher son propre père, même ses sœurs disaient qu'il sentait trop mauvais et le rictus qui leur déformait les traits se perdait seulement quand elles tournaient le dos. Dejia se mit à récupérer tous les cafards, dans le quartier elle vint dans chaque case, « Donnez-moi les cafards », et à ceux qui la traitaient de folle, elle répondait doucement : « D'accord, dans ce cas habituez-vous à l'odeur. » Elle pila les cafards morts elle les pila, les repila, encore et encore, et avec une partie de la mixture elle prépara des tisanes, et avec le reste, des cataplasmes. Elle ne dit rien à son père, juste « Bois. » Le lendemain il y avait des choses qui ressortaient du pied du moribond, des choses blanchâtres qu'elle avait prises pour des os apparaissant au fond de la plaie mais c'étaient les pansements, gluants et pleins de pus. Son père ne les avait jamais changés, ni personne. Ils ressurgissaient comme des vers après la pluie.

Elle avait sauvé la jambe de son père. Mais aujourd'hui, c'était son fils, et ça allait être les docteurs qui s'en chargeraient. « C'est dit. »

À l'hôpital quand il a ouvert les yeux au lendemain de la première nuit, Juma se sentait presque chanceux. Chanceux de pouvoir toujours marcher, de pouvoir courir, car à côté de lui un autre enfant albinos s'était fait voler une jambe et quatre doigts. « Comment tu t'appelles ? — Manyasi », c'est l'un de ses oncles qui lui avait fait ça et toutes les nuits d'après, Manyasi gardait les yeux ouverts, il ne voulait plus les fermer, plus jamais.

Juma était sorti avant lui, et on l'avait conduit à l'orphelinat, qui n'en avait que le nom, les albinos allant là-bas n'ayant pas perdu leurs parents, seulement leurs membres. Il fallait plutôt voir ça comme un centre de protection, « Vous y serez à l'abri. Il y a des gardes ici. » Juma y a retrouvé sa petite sœur Kahia, c'est le gouvernement qui avait voulu ça, ou des associations, sans doute les deux. C'était bien, même si le centre aurait dû être plus près du village, parce qu'à cinq ans la fillette avait encore besoin de ses parents, or ils ne venaient que très rarement. Et quand lui partirait, elle serait vraiment toute seule.

Le jour de l'évasion, il l'a prise sur ses genoux, si petite, elle ne pesait presque rien, il lui a caressé gentiment les cuisses, réajusté son chapeau à fleurs, et lui a dit qu'il s'en allait. Elle a arrêté de balancer ses pieds, quelques secondes après, elle a pointé du doigt les copains qui jouaient dans la cour avec leurs voitures en boîtes de lait. On insère deux branchettes à l'avant et à l'arrière de la brick, on plante à chaque extrémité un bout de carton découpé en rond, et on pousse le tout avec un bâton. Juma adorait ça avant. « Je ne peux pas t'emmener, Kahia. Mais tu es bien ici, non ? Les gens sont gentils. Et puis maman va venir te voir bientôt. Écoute-moi bien, Kahia, Kahia, tu m'écoutes ? Bien. Quand maman viendra, tu lui donneras ça. »

C'était une lettre, sa mère ne savait pas lire mais son oncle qui avait été à l'école pourrait lui expliquer. Il n'y avait pas grand-chose sur le papier, juste que Juma partait là où il n'aurait pas peur. Pour être libre. Il demandait à sa maman d'embrasser son papa ses oncles et ses tantes et Dunya et Mata Tiso et tous les gens du village, il voulait aussi qu'elle s'occupe bien de la petite chèvre à l'oreille noire parce que c'était la sienne et qu'il l'aimait bien. La fin de la lettre était à peine visible car le feutre vert était vide, mais ça se lirait quand même. Il a mis le papier dans la poche de sa sœur. « Tu la donneras à maman quand elle viendra hein, promis ? » La fillette a glissé de ses genoux et lui a chatouillé le bras, elle faisait ça Kahia, tout le temps, mais encore plus depuis qu'elle ne pouvait plus parler. Puis elle s'en est allée en courant.

Ce soir-là Juma a attendu que tout le monde dans le dortoir s'endorme, la nuit était tellement calme que même les hordes de chiens qui se battaient la nuit comme si c'était tous les jours une nouvelle guerre se taisaient, et que même dans les poulaillers les volatiles semblaient rêver, enfin, c'est ce qu'il pensait, parce que son cœur battait plus fort que le reste. Kahia avait ce gentil ronflement et ses doigts bougeaient comme si elle essayait d'attraper quelque chose que son sommeil mettait hors de portée. Juma a remonté le drap sous son menton, laissant ses pieds dehors car il savait comment elle aimait dormir, à moitié au frais, à moitié au chaud. Il a pleuré doucement, pas longtemps, avant de prendre le baluchon qu'il s'était fait avec son drap : quelques affaires, une lampe torche qu'il avait volée, et une boîte d'allumettes.

Les gardes au-dehors surveilleraient tout ce qui pouvait vouloir entrer mais pas ce qui pourrait vouloir sortir, s'était-il dit, l'inverse d'une prison cet endroit. Il a rampé en retenant son souffle sous le grillage et il est parti au sud, toujours au sud, sans carte, mais jamais loin de la grand-route. La journée, il mangerait des fruits, les arbres en étaient pleins, et peut-être qu'il boirait le lait des chèvres qu'il rencontrerait au petit matin dans des villages qui ressembleraient au sien.

Il buvait le lait dans la bouteille en plastique qu'il avait coupée en deux, il buvait le lait accroupi dans l'ombre, parmi les caprinés, c'était chaud, c'était bon, et il l'avalait goulûment, les mains agrippées au récipient et il partait courbé, animal parmi les bêtes, voleur parmi les hommes, avant que le soleil ne se lève il s'enfuyait. Même si plusieurs fois il ressentit l'envie d'entrer dans une case et d'y dormir un peu, avec d'autres gens que ses parents ses frères ses sœurs, et de s'y réveiller comme s'il était l'un d'eux.

Mais avant le jour il fallait qu'il fût sous son drap, derrière un buisson ou dans la forêt, à l'ombre pour la journée, à se reposer en tentant d'oublier qu'il aurait faim. D'oublier qu'il y avait des bêtes. D'oublier qu'il n'était pas sûr de bien savoir où il allait. Pas bien sûr que ce ne soit pas aussi dangereux là-bas. Même s'il avait appris que dans ce pays on ne faisait pas de talismans avec des albinos, et qu'il y avait des réserves d'animaux, que ces réserves étaient tenues par des Blancs, que leurs clients étaient blancs, qu'il n'y avait donc aucune raison qu'ils le tuent. Ou qu'ils l'amputent. Mais quand il se réveillait le soir pour continuer son périple parfois il avait peur, c'est vrai. Quand il sortait la tête de sous son drap maculé de taches de terre et de végétaux et qu'il voyait autour de lui des empreintes, il se disait Je vais rentrer. Parce que parfois de grosses bêtes l'avaient frôlé.

Pearl prit la parole tandis que les images continuaient de défiler sur le mur :

« Je t'ai vu arriver, petit homme.

— Et alors, moi aussi je l'ai vu arriver ! L'important, c'est qu'il soit arrivé chez moi. Et pas chez d'autres dingos.

— Non. L'important, c'est qu'il ne soit pas mort cette nuit-là. Et il a bien failli, crois-moi.

— Tu m'as protégé ? demanda Juma, interloqué.

— Je n'étais pas la seule, tu étais si frêle avec ton sac blanc sur le dos et si fatigué, tu trébuchais.

— Oui. Parce que la lampe torche ne marchait plus, pourtant parfois j'étais arrivé à voler des piles. Heureusement qu'il y avait la lune, mais après les nuages l'ont cachée. »

Tous les quatre tournèrent à nouveau leurs regards vers le mur. Ils virent l'enfant albinos courber l'échine sous la pluie. Il grelottait, même ses jambes tremblaient. Tous les cent mètres il s'arrêtait, baissait son pauvre short même plus bleu et s'accroupissait, ça le brûlait il n'arrêtait pas de se vider puis il se relevait et enlevait son tee-shirt troué qui lui tenait tant froid et qu'il gardait à la main, « Ça va, ça va. »

Pour ne pas entendre les rugissements qui s'approchaient, les hululements qui s'éloignaient, le concert cacophonique des insectes et des batraciens qui arrivait à peine à couvrir les piétinements, les bruissements et les grognements lointains, il se récitait par cœur une histoire que lui avait racontée son instituteur, c'était la fable de la puce, ou quand la puce démontra qu'elle était le plus grand des animaux. Un jour dans la savane, l'éléphant vit le rhinocéros et lui dit en montant haut sa trompe : « Tu es bien malheureux d'être si petit », et le rhinocéros pleura. Le lendemain, le rhinocéros vit un hippopotame et lui dit en montant haut sa corne : « Tu es bien malheureux d'être si petit », et l'hippopotame pleura. Le surlendemain, l'hippopotame rencontra un zèbre et lui dit en montant haut sa mâchoire : « Tu es bien malheureux d'être si petit », et le zèbre pleura. Le jour d'après, le zèbre rencontra une grenouille et lui dit en montant haut son museau : « Tu es bien malheureuse d'être si petite », et la grenouille pleura. La grenouille à son tour rencontra une araignée à qui elle dit en montant haut sa langue : «Tu es bien malheureuse d'être si petite », et l'araignée pleura. Enfin, l'araignée rencontra une puce et lui dit en montant haut ses pattes : « Tu es bien malheureuse d'être si petite », et la puce se mit à rire et lui dit : « Attends demain. » Le lendemain, elle monta sur l'araignée et la piqua, elle monta sur la grenouille et la piqua, elle monta sur le zèbre et le piqua, elle monta tout en haut de l'hippopotame et le piqua, tout en haut du rhinocéros et le piqua, tout en haut de l'éléphant et le piqua, puis elle dit à l'araignée : « Et maintenant c'est qui le plus grand animal de la savane ? » Alors Juma, sans penser à la morale de la fable, s'imaginait être la puce toisant la savane sur le dos de l'éléphant, car rien ne pourrait lui arriver de là-haut. En attendant, il pressait le pas autant que ses petites jambes le pouvaient en espérant le jour.

Il était éreinté, son bas-ventre se tordait en mille, ses sandales l'avaient lâché quelques jours auparavant sans qu'il puisse les réparer à nouveau, déglinguées, et ses pieds étaient usés, craquelés et parfois en sang, mais le sol humide amortissait son mal, détendait un peu ses chairs, et il ne sentait plus rien, que la pluie. Derrière lui, une meute de lycaons approchait. Huit chiens-hyènes qui auraient préféré un phacochère ou une gazelle de Thomson mais qui ne rechigneraient pas à s'élancer à la poursuite d'un petit bipède s'ils en trouvaient un sur leur chemin.

Juma n'entendit même pas les craquements des lambeaux d'écorce que les éléphants arrachaient ni les bruissements des gousses d'acacia sous leurs dents, tout était assourdi par la pluie la panique et la fièvre qui s'étaient emparées de lui. Pearl sentit l'enfant passer de l'autre côté des buissons, elle sentit aussi les lycaons. Au nord on entendait une troupe de lions s'appeler, les femelles se rejoignant sous un fourré pour se coucher avec indolence et se lécher mutuellement, attendant les mâles en bâillant, mais cette horde était loin, et elle n'avait pas faim. Il y avait aussi un petit chacal rayé au museau fin qui cherchait des insectes ou de petits rongeurs et trottinait dans les hautes herbes, il s'éloigna vite quand il vit l'enfant pour disparaître derrière un taillis et courir rejoindre sa partenaire et leur progéniture.

Les effluves nauséabonds que les glandes des lycaons émettaient se rapprochaient. L'enfant n'était pas si loin de la maison d'Harrison. Pearl était avec huit des siens alors elle les mit en marche, large masse commune de muscles et de peau plissée dont les sillons luisaient comme un parchemin de sage à la lumière des éclairs, pesante troupe de pachydermes silencieux, à part les plus jeunes qui grognaient sous le tonnerre et dont les mères, tantes ou grands frères caressaient de la trompe le dos ou les flancs, tout en les maintenant au milieu d'eux, à l'abri de leurs jambes de géants. Tous ils suivirent l'enfant. De temps en temps Pearl se séparait du groupe et fonçait toutes oreilles écartées, la trompe brandie comme un bâton sur les lycaons dont elle brisait les formations et qu'elle faisait détaler, avant de recommencer quelques instants après. Et ses barrissements se perdaient du côté du vent.

Quand la pluie eut cessé et qu'il ne resta de l'averse qu'une odeur de brousse détrempée et bientôt sans mémoire, Juma et les éléphants arrivèrent aux abords de la propriété. Alors Pearl quitta encore une fois les siens et s'élança à la poursuite de l'enfant qui se retourna et qui hurla et qui rassembla ses dernières forces pour passer sous la barrière grillagée et continuer sa course.

Dans une heure le soleil pointerait son nez.

Pearl repartit tranquillement avec les siens, tous se remettant à manger, arrachant de-ci de-là de hautes herbes fraîches à chaque pas. Quant aux lycaons, ils cherchèrent une autre proie, attrapèrent une dik-dik, qu'ils dévorèrent sans prendre la peine de la tuer, les plus jeunes commençant par les viscères. Quand il ne resta rien de la minuscule antilope, la meute repartit au terrier régurgiter la viande pour la femelle alpha qui avait mis bas et pour ses petits juste sevrés qui couinaient comme de petits chiens, et aussi pour un autre membre de la meute qui ne pouvait plus participer à la chasse. Dans un combat avec une lionne, il avait perdu une oreille et son arrière-train était paralysé, il aurait droit aussi à sa part du festin : un lycaon n'abandonne pas un des siens.

Sans savoir où il était, Juma terrorisé s'était adossé à un tronc d'arbre couché, il avait ouvert son baluchon et s'était recouvert du drap miteux et trempé qui le composait, dessous il s'était recroquevillé, claquant des dents, pour finalement s'endormir alors que le soleil se levait aux cris des singes.

Juma n'en revenait pas.

« C'était toi alors ? J'avais cru voir un monstre. Un esprit malfaisant venu là pour me manger. Pourquoi tu m'as sauvé ?

— Harrison et Travis ont sauvé un de mes éléphanteaux, il y a sept ans. Et un autre il y a trois ans.

— Ce n'était pas mon idée, pour le premier, soupira Harrison.

— Il n'empêche. Tu étais là aussi. Avec Conrad. »

Sur le mur ils virent Harrison et Travis qui discutaient, mais le ton monta rapidement.

Quand le bébé de Pearl fut sauvé

1992

« Non, on ne peut pas faire ça, je suis désolé ma chérie, je suis aussi triste que toi, tu le sais bien. »

Mais Travis arrêta net la main qui s'apprêtait à lui caresser les cheveux.

« C'est complètement con, et ne me balance pas encore tes règles de sélection naturelle parce que ça ne marche pas, bordel ! Pas dans ce cas-là.

— C'est une réserve ici, et…

— Justement, c'est une réserve. Tu as déjà fait le choix de presque tout clôturer, donc déjà, tu as bafoué les règles de la nature.

— C'était déjà une réserve du temps de mon père, de chasse certes, mais c'était pareil.

— Pas du tout, non, d'une part il n'y avait pas de barrières partout. En plus toi tu as créé un point d'eau artificiel au nord, dans la zone sèche. Du coup, tout un tas d'antilopes sont mortes souviens-toi, tu m'as dit ça l'année de mon arrivée, que c'était un essai, et aussi que c'était une belle erreur, et que tu avais perturbé le cycle naturel, "on ne joue pas avec Dame Nature". Les points d'eau avaient amené des prédateurs, et les antilopes qui étaient peinardes dans leur coin, qui s'étaient adaptées, avaient dû partager les ressources avec d'autres herbivores qui sont arrivés et leur taux de mortalité est devenu aberrant. Alors tu ne vas pas me faire chier parce que je te demande de sauver un éléphanteau pris dans la boue !

— Justement, je ne veux pas reproduire les mêmes erreurs.

— Mais avec les éléphants, c'est différent.

— Travis, ma chérie, tu connais les problèmes liés à la surpopulation…

— C'est faux ! Une étude vient de sortir, personne ne la prend en compte parce que c'est bien plus facile d'abattre ou de déplacer que de comprendre, mais ils disent que la natalité se régule en fonction des ressources. Et puis… – elle marqua une pause pour prendre une grande inspiration – et puis ta régulation, comme tu dis, tu l'as déjà, non, avec le braconnage ?

— Conrad, sors les cordes. »

Conrad et Harrison s'approchèrent doucement de l'éléphante en panique, quatre tonnes qui grattaient du pied qui entraient et ressortaient de la mare, tentant de soulever le petit mais l'enfonçant chaque seconde un peu plus, retournant agacée sur les berges, grattant du pied dans la boue craquelée, grognant pour encourager l'éléphanteau épuisé, retournant dans le marigot noir et essayant de passer sa trompe sous son bébé pour l'extirper de la boue, et soudain elle s'arrêta. Elle vit les deux hommes et elle s'arrêta. Elle recula en rabattant les oreilles et maintint le reste de sa famille à distance. Harrison en arrivant avait immédiatement reconnu Pearl, ils se fréquentaient depuis longtemps, cette éléphante n'était pas comme les autres, elle ne le serait jamais.

Il entra sans peur dans le marais en train de s'assécher, vérifiant le nœud de la corde autour de ses hanches pour que, au cas où lui-même s'embourberait, Conrad le ramène au sec. Sur ses épaules il portait deux autres cordes reliées au 4 × 4 et qu'il devait coûte que coûte passer sous l'éléphanteau. Celui-ci était sans forces, sa trompe toute menue reposait sur la boue, trop légère pour être engloutie, le haut de sa tête émergeait et la moitié de son corps était embourbée mais, couché sur le flanc, ses coudes avant ressortaient, et on pouvait au moins commencer par là. Harrison mit dix minutes avant de l'atteindre, à bout de souffle, ses jambes marchant comme dans du ciment en train de prendre. Il se reposa un instant près du corps du petit pachyderme, dont l'œil fatigué le fixait derrière ses longs cils, il le caressa vite fait trois fois devant les oreilles pour le rassurer un peu, avant de passer la première corde sous ses pattes et de la lancer à Conrad. « C'est trop loin ! » Harrison tira la corde à lui et essaya de prendre mieux appui dans la vase mais il s'enfonçait, alors il relança la corde, le plus fort qu'il pouvait.

« Je l'ai ! cria Conrad.

— OK, Travis, tire ! »

Le moteur du 4 × 4 se mit à tourner sans que rien ne bouge.

« Passe la première ! » hurla Harrison, mais rien n'y faisait, l'éléphanteau restait coincé.

Harrison entreprit donc de passer la deuxième corde sous la queue du bébé, ses pattes arrière ayant déjà été englouties, il fallut cinq essais avant que Conrad puisse récupérer le lien et le fixer au treuil. « Vas-y ! »

Enfin les choses commencèrent à bouger, le marigot fit des bruits de pet, les trois cents kilos sortaient du gouffre et Pearl trépignait de plus en plus, elle humait l'air elle voulait savoir si son petit allait bien puis elle l'entendit grogner et elle grogna à son tour, des sons longs et sourds, pour lui dire « Je suis là. On est là. » C'était la famille entière qui s'affolait de joie et qui vint peu après entourer le bébé et le tâter de la trompe pour voir s'il n'avait rien et l'aider à se lever. Après s'être fait bien câliner, l'éléphanteau téta.

Harrison cria : « À moi ! Tire ! » Travis appuya sur le champignon et vit dans le rétroviseur son mari jaillir lentement de la boue et s'envoler avec peine et ridicule comme on peut s'envoler d'une flaque de mazout, il était noir des pieds au cou et arrivé sur la terre ferme il se mit sur le dos et resta comme ça, les bras étendus, boueux christ de la savane essoufflé. Il murmura à Travis penchée au-dessus de lui :

« Si tu m'avais dit que c'était le petit de Pearl, je serais venu tout de suite.

— Je ne comprends pas les écarts que tu t'autorises à propos d'une règle que tu t'es toi-même fixée. Je savais que c'était Pearl, mais c'est mieux que tu sois venu pour une autre raison. C'est comme ça qu'on change. »

Et elle l'embrassa.

C'est vrai qu'elle l'avait fait changer. Elle était son ange, il l'aimait plus que tout et ne se lassait jamais de la regarder.

Il fallait la voir, courbée, les joues rosies, sa chevelure blonde collée par la sueur, replantant de ses fines mains nues des *Agathosma crenulata*, leurs pétales blancs comme autant de bombes de pureté éclatant dans la terre rouillée. Elle allait chercher les fleurs dans la nature pour en orner les parterres qu'elle avait créés en binant le sol et en apportant des pierres qui sertiraient les plantes. Des *Agapanthus africanus* pour les massifs, de hautes tiges surplombées d'ombelles mauves, des *Aloe ferox*, végétaux gras aux feuilles émeraude et aux fleurs d'un orange feu comme des brasiers en plein midi, des *Clivia miniata* aux couleurs douces comme des sorbets et des *Aster bakeranus* sous les fenêtres et près de la véranda. « Ça nous rendra joyeux quand on prendra le café ! s'enthousiasmait-elle. Et on pourra s'en servir pour se soigner. Mal à l'estomac, tu mâches ces fleurs-là. Avec les racines de celles-ci, tu fais des décoctions laxatives. Quant à leurs feuilles, elles sont bonnes contre l'eczéma et l'hypertension. Et les agapanthes que tu vois ici facilitent le travail et l'expulsion du placenta, mais on n'en est pas encore là… »

Travis voulait des enfants plus que tout, plein, partout !

— On commencera gentiment par un, si tu veux bien.

— Taratata, j'en aurai deux d'un coup, on fait des jumeaux du côté de mon père, prépare-toi ! »

Mais les mois passèrent et d'enfants, il n'y en avait pas.

Travis n'avait cependant pas le temps de s'ennuyer. Si elle accompagnait parfois son mari et Conrad en brousse, elle aimait avant tout ses promenades solitaires. Ouvrage de botanique en main, elle apprenait à reconnaître toutes les plantes, des plus vulgaires graminées aux arbres gigantesques. Avec Narima la cuisinière, elle mémorisait les vertus curatives des unes et des autres, et dans son propre herbier notait les préparations traditionnelles nécessaires aux remèdes, potions, onguents, cataplasmes, décoctions, tisanes, qui permettaient de tout soigner, des ongles incarnés à l'infertilité.

« Et si les plantes ne marchent pas, il faut aller voir le marabout, car c'est qu'on t'a jeté un sort, oui oui », lui disait Narima en hochant la tête.

Chaque jour Travis se familiarisait avec la langue de son employée, elle la maîtrisait mieux qu'Harrison, qui n'en balbutiait plus que des rudiments, il avait tout oublié de son savoir d'enfant.

« Dire que mon père parlait cinq dialectes, je suis indécrottable.

— Mais il ne parlait pas celui du cœur.

— Je crois qu'il l'a oublié à la mort de ma mère.

— N'empêche, il aurait pu te faire revenir ici quand il est tombé malade, pas en te prévenant volontairement trop tard.

— Il n'avait sans doute rien à me dire. Mais il a payé mes études, et il m'a quand même légué tout ça.

— Ça suffit ?

— Qu'est ce que ça changerait si ça ne suffisait pas… ? »

Lors de ses premières années en Angleterre, il avait énormément souffert du peu d'intérêt que Darren lui manifestait. Bout de chou parachuté à l'autre bout du monde, chez son oncle et sa tante qu'il ne connaissait presque pas, il se sentait étranger, toujours un peu en train de tomber. Pour les autres, de son père il avait fait un héros, mais le soir, seul dans son lit, il sanglotait, « salaud ».

Peu à peu la notion de père avait fini par évoluer et par se perdre dans les méandres de sa mémoire pour ne laisser qu'un mot sans émotion, aussi vide de sentiments que « feuille de papier » ou « portière ». Même quand à l'université Harry lui avait dit :

« Tu savais que nos vieux s'étaient rencontrés ? Le mien est parti chasser l'éléphant dans votre réserve, un sacré type ton paternel, il paraît. »

Harrison avait seulement hoché la tête.

« Il l'a eu ?

— Quoi ?

— L'éléphant. Ton père, il l'a eu ?

— Oui, il l'a eu.

— *Good* », et il avait fini de lacer ses chaussures. Le match de cricket allait commencer, Harrison était batteur.

Travis était restée très proche de sa famille, et se rendait en Californie presque chaque année. Elle en revenait les bagages emplis de nouveaux livres et les yeux pleins de nouvelles images : en 90 elle avait dansé avec Kevin Costner et le loup Two Socks et elle était morte avec les *Goodfellas* ; deux ans après, elle succombait à l'érotisme du *Dracula* de Coppola et aux désillusions de Clint Eastwood dans *Unforgiven*.

En 93, elle ramena de Sacramento un téléviseur, un magnétoscope et tout un tas de K7 vidéo, car « il va bien falloir que tu sortes le nez de tes ouvrages de zoologie, chéri. — Non, il ne *faut* pas. — Regarde ça avec moi. S'il te plaît. » De l'idylle déviante d'Ada et de Baines dans *The Piano*, Harrison ne retint qu'une seule chose : ce pays lui plaisait. « J'aimerais aller en Nouvelle-Zélande. » Travis soupira : « Bon, ce n'est pas grave.

— Quoi ?

— Que tes pieds soient ancrés dans la réalité comme dans une chape de béton. Ça ne m'ennuie pas qu'on soit si différents.

— Mais j'aime bien l'art. La preuve, j'aime tes photos.

— Elles ne sont rien d'autre pour toi que des souvenirs de ce que tu vois.

— Je les trouve plus belles que ce que je vois. »

À Sacramento, Travis avait été photographe professionnelle. « Je photographiais des toutous. Pour les calendriers. Le nœud rose un peu plus à gauche, s'il vous plaît ! » se moquait-elle. L'amour des images était resté, pas celui des chiens.

Dans la réserve, Travis développait et tirait elle-même ses clichés dans un petit labo qu'elle avait installé dans la deuxième salle d'eau et qu'elle appelait son « cachot à magie », même si elle en ressortait parfois furieuse. Elle s'y enfermait des heures, son agrandisseur, son margeur et ses trois bains en accessoires bénis de prestidigitateur dont elle peaufinait indéfiniment les numéros avant la représentation finale.

« Regarde, c'est Pearl. Avec sa trompe posée sur sa défense gauche, comme elle fait tout le temps. »

C'était vrai, l'éléphante, que parfois Harrison traitait affectueusement de *little sluggard,* avait pour habitude de reposer les quelque cent kilos de sa trompe sur ses défenses, ce qui lui donnait un air blasé, comme un poivrot qui tiendrait sa tête trop lourde sur un comptoir poisseux. Le tirage était merveilleux, la mise au point parfaite : les oreilles ouvertes, Pearl se ventilait en fixant nonchalamment l'objectif. Harrison rendit la photo à sa femme.

« Ça te dirait de partir demain avec Conrad photographier les éléphants de la réserve ? On pourrait ainsi finir les fiches techniques que j'ai commencées il y a si longtemps, après ma rencontre au Manyara avec Iain Douglas Hamilton et sa femme.

— Tu dis ça parce que tu as peur que je m'ennuie ?

— Non, je dis ça parce qu'ils m'ont convaincu que c'était un travail important. Mais que je n'en ai pas le temps.

— Ce sera mon prochain projet. »

La jeune femme s'attelait pour l'instant à faire le portrait de tous les habitants de la petite ville à l'ouest de la réserve. Les familles sur leur trente et un les jours de rite, les casseuses de cailloux en haillons, les sculpteurs d'arbres de vie sur palissandre et les vendeurs de poules en bouquets, les ouvriers, les paysans, les mamans et les infirmes, les corps étiques du bord de la route semblant feignasser, pantins prostrés par le paludisme, les travailleurs à la journée espérant le passage d'un patron, les meneurs de zébus, les vendeuses luisantes au petit marché, les garagistes sous le métal brûlant, les coiffeuses et les barbiers, les commerçants de tout et de rien, des gamelles de frigidaires de radios sans cesse réparées, les guérisseuses, les vieux édentés attendant sous l'arbre que leur heure vienne, les femmes âgées courbées et grises qui triaient le millet, les jeunes qui allumaient un feu sous les marmites, celles qui lavaient le linge dans la rivière, les nouveau-nés agrippés au sein ou dans le dos de leur mère, leur petite tête dodelinant. Les enfants. Ceux qui poussaient en riant des jantes de vélo ou de vieux pneus avec un bâton, ceux qui jouaient au foot avec des cailloux, les petits élèves studieux sous les tôles en brasier de l'école, les gamins morveux vêtus de lambeaux qui traînassaient le regard en flamme, ceux qui cueillaient des fruits ou ramassaient des insectes, les petits gardiens de troupeaux, les endormis qui ne se réveillaient pas sous les chatouilles des mouches, les enfants qui souriaient, ceux qui pleuraient. Tous. Ou presque.

Travis avait vu le directeur de l'école : c'était d'accord, elle y exposerait toutes ses photos et chacun pourrait venir se voir, voir les siens, ses voisins, le village entier réuni sur les murs des deux salles de classe.

« Il y aura des photos des Blancs ?

— De ceux qui habitent ici, oui.

— Bon. »

Il n'y avait qu'un hôtel acceptable dans cette petite ville, tenu par des Anglais, et uniquement trois familles britanniques, dont les enfants allaient aux mêmes écoles. Ainsi qu'une petite congrégation de sœurs.

« Et il y aura une photo de vous ?

— Eh bien, si vous voulez…

— Oui, ce serait bien. »

Alors qu'elle commençait à afficher dans l'école son travail de plus d'un an et que les clichés en noir et blanc habillaient déjà une partie des murs comme une robe de bal, des gamins s'étaient amassés au-dehors et passaient leurs petites têtes par-dessus le muret et entre les poteaux de bois pour la regarder faire et ils riaient dès qu'elle se retournait, s'accroupissant pour se cacher. Certains s'enhardissaient et entraient dans la salle en relatif catimini pour toucher les longs cheveux de Travis, qui prétendait ne pas s'en apercevoir, générant de nouveaux gloussements de la part des enfants.

Les habitants ne tardèrent pas à arriver, au début ils restèrent dehors, à palabrer, comme s'ils attendaient pour ne pas être les premiers à entrer. Puis ils se décidèrent. Il y avait plus de trois cents photographies, le plus souvent des scènes de vie, même si sur beaucoup d'entre elles les gens posaient. Certaines femmes avaient demandé à Travis de revenir le lendemain, « J'aurai de nouvelles tresses ! » lui disaient-elles en minaudant, alors Travis revenait, les photos étaient plus guindées mais elle arrivait toujours à trouver une lueur improvisée dans un regard, une attitude un peu plus relâchée, un mouvement plus naturel, une main remettant un pagne ou s'approchant de la tête d'un enfant.

Elle avait décidé de laisser les photographies au directeur de l'école, chacun pourrait venir chercher la photo sur laquelle il figurait, lui ou sa famille.

Ce jour-là elle commençait le décrochage quand une femme arriva, qui se planta devant des photos d'enfants prises à la crèche. Il y avait deux crèches dans la ville, une pour les gamins des plus riches, une pour ceux des moins riches.

« Les miens ne sont pas là.

— Pardon ?

— Mes enfants, ils n'y sont pas. »

Il n'y avait pas de crèche pour les enfants les plus pauvres. Enfin si, une vieille femme s'occupait d'eux chez elle, on pouvait les y laisser, et leur journée ils la passaient à jouer avec rien, sur un sol de terre battue, et à dormir. À midi ils n'avaient souvent pas à manger, si les parents ne leur avaient pas préparé de déjeuner.

« Alors ils ne mangent pas ?

— Parfois.

— Parfois quoi, parfois ils mangent ou parfois ils ne mangent pas ?

— Les deux. »

Quand elle rentra ce soir-là elle demanda à Harrison combien ça coûterait de construire une petite crèche.

« Ce n'est pas la construction qui coûte cher. Mais comment tu vas les payer, celles qui garderont les gamins ?

— Les femmes pourraient faire un roulement ?

— Travis… elles passent leur journée à chercher à manger.

— Des subventions.

— De qui ? De l'État ? Tu rêves !

— Non, pas de l'État. Des réserves.

— Quoi ?

— Réfléchis. Tu passes ton temps à te battre avec les gardiens de troupeaux qui mènent leurs bêtes paître ici. Et ne me force pas à te rappeler ce que tu as déjà été obligé de faire. »

C'était un coup bas. Harrison se souvenait bien de ce matin-là. Il n'avait pas fait ça de gaîté de cœur – qui abattrait tout un troupeau en souriant ? Mais trop c'était trop. Un éleveur ne laisserait personne sur ses terres, pourquoi lui ? Sous quel prétexte ? *Ses* éléphants, *ses* antilopes, *ses* girafes, il en avait tout autant la responsabilité, leur herbe est leur herbe et une limite est une putain de limite. Déjà qu'on lui braconnait ses arbres pour en faire du charbon. Dans certains coins il trouvait parfois jusqu'à dix souches. Dix petits arbres de moins pour les bêtes. Parfois dix essences rares dans la conservation desquelles il s'investissait. Alors oui, il avait fait un exemple quand un ranger l'avait prévenu qu'un troupeau paissait à l'est. Il avait pris trois gars, et trois fusils. Et lentement, lui et ses hommes avaient ajusté, et calmement, une à une ils avaient abattu les bêtes qui s'étaient effondrées au sol comme de gros sacs de riz qu'on jetterait d'un grenier. Le gardien s'était mis à crier en s'enfuyant et en poussant ses zébus affolés qui meuglaient, il pensait pouvoir réussir à en sauver. Frêle danseur aux gestes désordonnés, il gesticulait lors de ce banquet macabre et à chaque détonation se retournait pour voir un de ses animaux s'effondrer. Jusqu'au dernier.

En à peine deux minutes il avait perdu tout ce qu'il avait.

Depuis ce jour on n'avait plus revu de troupeau entrer dans la réserve. Les paroles ne suffisaient pas, les actes, eux, avaient fait leur effet. Pour autant le braconnage s'était amplifié peu à peu : plus d'arbres, plus de viande de brousse, et aussi plus d'éléphants.

Travis attendit qu'Harrison sorte de ses pensées pour reprendre :

« Les gens ne t'aiment pas. Ils n'aiment pas non plus les Blancs qui viennent passer leurs vacances à voir des zèbres et des rhinos et qui passent en ville dans les gros 4 × 4 en regardant les villageois comme des animaux de zoo. Ils ne comprennent pas.

— C'est quoi ton idée ?

— Mon idée c'est le donnant-donnant. On fait cette petite crèche dans ce village pour les enfants les plus pauvres. La réserve sponsorise. Je peux aussi monter une association et lever quelques fonds à Sacramento pour les salaires. Les gens les plus pauvres voient que tu fais quelque chose, ce sont eux qui braconnent. Peut-être que ça changera quelque chose, ça ne coûte pas grand-chose d'essayer. La théorie est la même que partout : pour un bon voisinage, il faut un peu d'entraide. Et puis j'ai aussi d'autres projets.

— Ben tiens. »

En l'espace de quelques années, la tornade Travis avait fait aboutir plusieurs projets, en partenariat avec les populations locales et un noyau dur de Blancs. Elle avait tant d'énergie et de force de persuasion que monsieur Goldey lui dit un jour :

« Je comprends pourquoi vous portez un prénom masculin, vous êtes forte comme un homme. »

Travis, qui quelques années plus tôt aurait bondi – Harrison jamais n'avait mentionné son prénom atypique quand il l'avait rencontrée –, c'était d'ailleurs en partie pour cette raison qu'elle était tombée sous son charme, se contenta de sourire : « Mon père est un anticonformiste. Même s'il est ingénieur en réfrigération, c'est un artiste à sa façon. Donc, monsieur Goldley, vous êtes d'accord pour nous fournir des plants et des graines ? »

La crèche accueillit ses premiers enfants en mai 1994. Huit bambins de deux à cinq ans qui attendaient avec impatience les visites de Travis car elle apportait souvent quelques jouets, des puzzles de bois ou, mieux encore, des pots à bulles de savon. Même le petit endormi se réveillait pour écarquiller les yeux, c'était le seul à les regarder monter sans vouloir les faire éclater, ces étoiles iridescentes, ces arcs-en-ciel de détergent. Il les suivait du regard en souriant puis tapait des pieds frénétiquement, ses petits poings battant l'air, et il se précipitait vers Travis en criant et en lui agrippant les jambes pour lui montrer sa joie.

Des toilettes furent ajoutées six mois plus tard, que Travis peignit avec Lindsay, l'adolescente des Sheppard qui tenaient l'hôtel où séjournaient des Blancs qui ne voulaient pas passer les nuits aux lodges de la réserve. Du mauve, et du jaune. Avec un dessin de fleur sur la porte. Une cahute de tôle avec un trou dedans, et du bois pour poser leurs petites fesses. La cuisine, deux réchauds et deux marmites, était fonctionnelle. Dans l'unique salle recouverte de tôle les enfants écoutaient sur des nattes des contes de leur pays et pouvaient tourner ou déchirer les pages cartonnées des livres colorés venus d'ailleurs, emplis de dragons et de fées. Dans le jardin, des pneus peints découpés arrimés aux branches de l'arbre servaient de balançoires ou juste de perchoirs à mioches heureux, qui regardaient le monde d'un peu plus haut et qui mangeaient à leur faim.

Sur un terrain attenant à l'école, Travis planta des tomates, sema les graines fournies par M. Goldley et réussit à créer un petit potager. Un réservoir recueillant les eaux de pluie servait pour l'arrosage. Les écoliers participaient au paillage, au pincement, à l'entretien et à la récolte, pour bientôt vendre au marché oignons, citrouilles, courges, haricots, tomates et poivrons et recueillir ainsi des fonds, de tout petits fonds, pour la fête de l'école ou toute autre initiative.

Une fois par an, ils montaient dans les 4 × 4 de la réserve et allaient voir les animaux. « On tue moins quand on a appris à aimer», avait dit Travis à Harrison pour le convaincre.

Certains projets avaient porté leurs fruits, d'autres non.

Et puis il y eut Kileen. Une gamine noire comme l'encre qui avait traversé la piste à quatre pattes à la sortie d'un village. Littéralement à quatre pattes, pas sur les genoux non, ses petites jambes tendues, ses fesses décharnées en haut et ses mains devant, un jeu sans doute.

Quelques jours plus tard, Travis revit la même gosse, juste une culotte sans âge sur le cul et qui se pissait dessus, l'urine dégoulinant sur ses cuisses, toujours à quatre pattes, concentrée, le nez dans quelques immondices à l'orée de la décharge. Ses côtes se soulevaient alors qu'elle se soulageait.

Travis serra le volant comme si c'était le cou d'un monstre qu'il lui fallait vaincre, pourriture de plastique et de skaï. Quand elle eut décrispé les doigts, arrêté la voiture, mis le frein à main, tourné la clef et coupé le moteur, elle sortit. La fillette continuait son chemin après sa miction, galopant maladroitement entre les touffes d'herbes jaunes éparses et les restes de ferraille entrés dans la terre depuis des années, gémissant sur une épine ou un morceau de métal perçant ses chairs, et soudain elle s'aplatit dans la terre sans bouger, à l'affût, protégeant sa tête dans ses bras. Mais ce n'était qu'un chien famélique la dépassant, un squelette sur pattes humant quelque chance de survie. Et que l'enfant suivit. Deux silhouettes solitaires les yeux fixés sur un point invisible.

La môme finit par entrer dans une courette et elle se cala dans un coin. Avec les poules.

Travis attendit, elle attendit que la sueur ait presque séché dans son dos, elle attendit en imaginant ce qu'elle pourrait bien dire, elle attendit en s'habituant au pire avant de se décider à entrer dans la cour. « *Hugambo !* »

Elle tint la main de l'homme présent pendant plusieurs minutes, se présentant et attendant les présentations en retour, échangeant les longues politesses de rigueur, en souriant, puis en acceptant une tasse de *chaï*, « Oui oui, merci, je vous remercie, vous et votre famille. »

La fillette tordait ses petits doigts sur son visage pour agripper un rai de soleil traversant le tissu en lambeaux qui ombrait une partie de la cour, puis elle se mit à jouer avec du caca de poule sec.

« Qu'est-ce qu'elle a ?

— Rien. Elle marche pas.

— C'est-à-dire ?

— Elle marche pas. Elle fait rien. Elle sert à rien.

— Elle parle ?

— On ne sait pas à qui elle parle.

— Comment s'appelle-t-elle ?

— Kileen. »

Sur le trajet du retour, Travis ne pensa qu'à Kileen dont les yeux s'échappaient dans le vague comme si elle avait trouvé un subterfuge à sa réalité.

Pendant des jours Harrison n'entendit parler que de Kileen et de ses mains toutes cornées comme des pieds. Et un matin Travis partit. « J'en ai pour la journée. »

Au début Travis apportait à la petite fille du lait dans des bocaux. Sa mère qui avait six autres enfants ne voyait jamais d'un mauvais œil cette femme blanche et blonde s'asseoir auprès de sa fille, la nourrir et jouer avec elle.

Un jour seulement elle l'avertit. Elle posa la poule qu'elle venait de plumer et elle s'approcha.

« J'ai bravé un interdit pendant ma grossesse. »

Ce qui signifiait que la gamine était une punition, et qu'il n'y avait rien à faire. Travis hocha la tête et continua à tenir le flacon de lait, qu'elle portait aux lèvres de la petite.

Kileen ne lui parlait jamais mais elle se couchait de temps en temps sur elle.

« Elle a posé sa tête sur mes genoux, Harrison ! Et elle a joué avec les lanières de mon pantalon, elle a confiance, ça se voit. Elle a même été me chercher une coquille d'œuf de poule, regarde !

— Tu as gardé la coquille ?

— Oh, arrête, c'est un progrès non ? »

Des progrès il y en eut, beaucoup, jamais personne ne s'était occupé de Kileen avant, vu qu'elle était une malédiction. La nourrir était bien le maximum qu'on puisse faire.

Un jour Travis partit à la capitale et en revint avec du papier photo, des pellicules, des flacons de révélateur et de fixateur, et un déambulateur.

« C'est pour un adulte, il faut que tu coupes les pieds.

— Chérie, je ne sais pas trop où cette histoire de Kileen va te mener…

— Cette "histoire de Kileen" ? Kileen n'est pas une "histoire", c'est une enfant et je sais qu'elle peut progresser. Qui sait si elle ne peut pas devenir autonome ?

— Chérie, cette môme ne sera jamais autonome.

— Je tente le coup en pensant que je vais réussir, tout en sachant que je peux échouer. Réussir m'importe moins qu'essayer, si ça peut te rassurer.

— Oui, ça me rassure. Un peu. Bon, amène-moi cette chose à l'atelier, qu'on lui coupe les pattes. »

Trois mois plus tard la petite Kileen marchait debout.

Travis avait recouvert le métal du déambulateur de bandes de tissu de couleur avant de l'apporter à la fillette, qui avait caressé les nœuds des rubans jaunes et bleus en gloussant. Travis avait posé l'une après l'autre les mains de l'enfant sur le déambulateur. Et la fillette s'était tenue là, les fesses en arrière, les jambes flageolant, regardant la courette, ses seaux de plastique, ses bâches et ses poules sous un autre angle, auquel elle n'était pas habituée. Elle redécouvrait tout, son petit visage inquiet balayant l'endroit, puis elle sauta à terre sur ses mains. Travis doucement la prit dans ses bras et, quelques minutes après, la recala sur le déambulateur. Encore et encore. Jusqu'à ce que l'enfant soit trop fatiguée. Ou qu'elle s'ennuie. Elle détala à quatre pattes.

« La chose de métal est à elle, je ne veux pas que vous la vendiez », dit Travis à la mère avant de partir, et à Harrison en rentrant à la nuit tombée elle affirma : « Kileen va y arriver. »

Elle avait raison. L'enfant apprit bien vite à se servir de l'engin, et aussi des béquilles qui le remplacèrent. Travis lui fournit une ardoise sur laquelle elle avait gravé des traits verticaux et horizontaux, et elle lui donna une craie pour qu'elle suive les lignes en creux qui la guideraient et qu'elle fasse des carrés, « Allez, encore un ma puce », et puis après elles jouaient ensemble.

Kileen apprit à faire des dessins, des dessins de rien aux crayons de couleur, elle apprit à se laver, à faire pipi dans un pot, à s'habiller seule, à laver des assiettes dans un seau et à compter un caillou, deux cailloux, trois cailloux, une poupée, trois cailloux et une poupée. Elle apprit des mots, elle sut très vite dire « Non, pas envie » et comprendre ce qui se disait, puisque quand ça ne lui plaisait pas, elle partait.

Tout cela se passa après que Travis eut convaincu les parents de laisser la fillette trois nuits par semaine à la réserve. Mais elle retournait dans sa famille quand Travis allait voir la sienne à Sacramento.

« Elle ne dépassera jamais cinq ans d'âge mental, qu'elle se déplace et fasse des gribouillis n'y changera rien, à vingt ans elle sera pareille, c'est une débile *for Christ's sake* ! » lui répétait Harrison, et puis : « Mais y en a plus que pour elle, tu ne te rends pas compte ? », et plus tard : « Mais bordel, c'est pas notre fille, arrête ça tu veux ! »

En 1996 Kileen aurait eu dix ans. Travis rentrait tout juste des États-Unis et s'était empressée avant même de passer voir Harrison d'aller rendre visite à la fillette.

« Kileen ? Non, elle est pas là.

— Elle est où ?

— Elle est là-bas.

— Où ça ? »

La mère haussa les épaules. « Dans le trou. »

Harrison crut bien avoir perdu sa femme ce jour-là. Même si en un sens, il se réjouissait de pouvoir peut-être enfin la retrouver.

L'image se figea sur les larmes de Travis, c'était comme si elle pleurait pour l'éternité.

Harrison fit la moue et se leva pour tourner le dos à l'image de sa femme effondrée.

« C'était très égoïste, je l'admets. D'être jaloux comme ça. »

Il ébouriffa ses cheveux comme pour chasser la honte de sa tête.

« Tu sais, Juma, Travis aurait aimé te connaître.

— Pourquoi, parce que je suis handicapé aussi ?

— Bien sûr que non. Non, juste parce qu'elle et moi ne pouvions pas avoir d'enfant. Alors quand tu es arrivé, eh bien, j'étais content. Autant qu'elle l'aurait été.

— Tu ne me l'as pas beaucoup montré. Au début.

— Je suis comme ça. Et ne me fais pas chier, je venais juste de perdre ma femme. »

Sur l'écran Harrison s'apprêtait à aller pisser contre un arbre. C'était le matin, il avait la bouche encore pâteuse de sa nuit d'ivresse.

En surimpression un nouveau titre apparut.

Quand Harrison rencontra Juma

26 février 1998

« Qu'est-ce que c'est que ce truc ? »

Harrison se dirigea vers la tache claire au fond de sa propriété, derrière l'arbre aux vervets. Les bêtes venaient de s'éparpiller aux quatre coins de la pelouse et il y avait cette tache-là, comme une vieille bâche, cette chose au pied d'un arbre qu'il n'arrivait pas bien à discerner. Il empoigna une machette.

Ça respirait.

Il souleva le drap souillé et découvrit un enfant, douze treize ans à peine, un enfant albinos. Fiévreux. Un tee-shirt trempé qui lui servait d'oreiller. Une lampe de poche qu'il serrait dans sa main droite, crispée sur son torse. Et un moignon à la place du bras gauche.

Harrison posa sa machette et prit le petit corps dans ses bras, il ne pesait rien ce gamin.

Il l'étendit sur le sofa et réchauffa du café. « Tiens, bois ça, lui dit-il en le réveillant et en le lui tendant. Ça va être dégueulasse, j'y ai mis plein de sucre mais tu bois », ajouta-t-il sans savoir si le môme le comprenait mais il entendit un faible « *Thank you sir* » quand l'enfant saisit le bol.

Harrison sortit une couverture du placard et un pull de sa chambre, les posa sur le canapé, ouvrit la porte de la salle de bains et montra la douche d'un geste de la main.

« Tu te laves, tu te couches, tu mets la couverture sur toi, tu dors, et quand je reviens, si tu es encore là on mange. »

Puis il quitta la pièce et Juma entendit un moteur de voiture qui démarrait.

Il but le café chaud et écœurant, posa doucement le bol par terre et sans même se laver il retira juste son short, il enfila le pull, se pelotonna sous la couverture et s'endormit.

Ça sentait bon. Ça sentait bon et il voyait le dos d'une femme qui s'affairait à la cuisine, la vache, des odeurs comme s'il était à la maison. Le dos se retourna.

« Je m'appelle Narima. »

Narima était restée après la mort de Travis, bien qu'Harrison l'eût congédiée :

« Je ne serai jamais là, et je me fous de la bouffe et du bordel.

— Moi pas. Et ta femme elle aurait voulu que tu manges.

— Je te donne ta paie, et un peu plus si tu veux, le temps que tu retrouves un emploi. Mais je n'ai plus besoin de toi Narima.

— Tu sais pas de quoi tu as besoin en ce moment patron. Alors pour l'instant je reste là.

— Tête de mule.

— Et pourtant je ne t'aime pas beaucoup », grommela-t-elle, mais Harrison ne l'entendit pas car il quittait la pièce, furieux.

Il n'y avait rien à faire, la furie était en lui et ne s'en irait pas avant un bon moment, il était en colère contre tout, du tapis qui riboulait sous ses pieds au bouchon du whisky qui ne se dévissait pas assez vite jusqu'aux oiseaux qu'il avait toujours adulés et qu'il faisait fuir de ses toilettes à grands gestes et cris : « Déguerpissez les enculés ! Foutus emplumés de merde. »

Redressé sur le sofa, Juma sourit faiblement à Narima, et la seule chose qu'il articula fut en anglais : « Je suis encore en Tanzanie ?

— Non mon petit. C'est pas la Tanzanie ici. Bien que je ne sache pas vraiment ce que c'est. »

Peu importe, Juma se rendormit, satisfait. Le voyage était fini.

« Mange.

— Oui monsieur. »

Le visage de l'homme se tordait en mâchant, de la poussière plein les rides, un homme qui vivait sous le soleil, mais un homme blanc. Celui qui lui avait donné la couverture, le pull et le café, il avait l'air plus posé que la veille même s'il restait brusque, les gestes énervés, posant ses couverts comme on déclare une guerre.

Juma n'en avait pas l'habitude, dans sa famille tout le monde s'activait lentement, chaque geste coûtait presque autant qu'une journée et dans la maison on ne s'affolait jamais, mais ici il faisait moins chaud et on ne cédait pas à la torpeur, il y avait un ventilateur. Et des toilettes. Une douche. Et aussi des horloges entassées dans le fond d'une pièce, comme dans un marché d'un genre particulier où l'on viendrait pour manger du bois et des aiguilles et pas des papayes.

« Tu es qui ?

— Je m'appelle Juma.

— Tu viens d'où ? »

Juma réfléchit, il baissa les yeux et se dit qu'il devait être courageux. Il avala sa viande en sauce, il la mâcha longuement alors qu'il crevait de faim et qu'il avait envie de la gober aussi vite qu'un œuf de poule sauvage, il la mâcha longuement en regardant l'homme droit dans les yeux et pesa bien ses mots :

« D'un pays où je ne veux pas retourner.

— Ah. Et tu veux quoi ?

— Je veux travailler, monsieur. »

Il n'avait rien trouvé d'autre à dire. Il pouvait bien faire tout ce qu'on voudrait, il ne retournerait pas chez lui. Il finit son plat bien vite de peur qu'on ne le jette dehors parce qu'il était albinos, avec un seul bras. Il ne lui vint pas à l'idée qu'il était juste un enfant.

« Je peux travailler pour dix », lança-t-il alors que la dernière fourchetée lui emplissait encore la bouche. Il n'avait jamais appris comment faire, mais en voyant l'homme prendre les couverts il avait fait comme lui. Avec couverts ou à la main ça ne changeait rien, le goût était pareil, c'était même le meilleur repas de sa vie. L'homme mit une rondelle blanche dans un verre et ça fit pschtttt.

« Bois.

— C'est quoi ?

— Aspirine.

— Aspiquoi ?

— Je suis un sorcier, crois-moi. »

Et l'homme se mit à rire comme un fou, comme celui de son village qui bougeait toujours la tête et se tenait les côtes en voyant une feuille de manguier par terre. Mais Juma but quand même.

« Tu as bien mangé ?

— Oui monsieur, merci beaucoup.

— Bon. Viens avec moi. »

Harrison sortit quelques-unes de ses affaires, bien trop grandes pour le gamin mais ce serait « en attendant ». En attendant quoi ? se demanda Juma. Un tee-shirt, et un petit short, qui appartenaient à Travis et qu'Harrison garda dans sa main bien longtemps avant de le tendre à l'enfant.

« Tu auras besoin d'une ceinture. Et demain on te trouvera des chaussures et des affaires convenables.

— Demain ?

— Oui, demain. Visiblement tu viens de loin, tu ne vas pas repartir tout de suite, si ?

— Non.

— Bien. Alors voilà ton premier travail : tu te laves. Tu mets tes nouvelles affaires, et tu retournes dormir. On se voit ce soir. »

Quand Juma sortit de la douche, il lui sembla qu'il n'y avait plus personne dans la maison, mais quand il s'endormit à nouveau sur le sofa, il sentit que la couverture se remontait sous son menton et qu'une main lui caressait les cheveux. Mais c'était sans doute un rêve. Il pionça d'une traite jusqu'au lendemain.

Il émergea à 5 heures du matin. L'homme était là, dans la pièce.

« Salut.

— Bonjour monsieur.

— Viens voir. Prends ta couverture. »

L'homme avait les yeux embués comme au sortir d'une transe, un peu vitreux et sans fond. Il le mena en titubant sur la terrasse pour lui montrer un grand arbre d'un geste grave en lui parlant d'une voix monocorde et vacillante : « N'aie jamais peur. N'aie jamais peur de cet arbre, il ne te veut pas de mal. Parfois tu vas lui voir faire des choses mais il ne peut rien contre toi. Rien. Tu te mettras sur la terrasse et tu verras les singes et ils se réveilleront et ils s'en iront, et l'arbre n'avancera pas, ça non, l'arbre est gentil, il est gentil oui. »

Juma regarda l'arbre et regarda l'homme en se demandant s'il rêvait encore.

« L'arbre ne te coupera pas de bras.

— Quoi ?

— Ton bras là, c'est pas un arbre qui te l'a coupé ?

— Euh, non, ce sont des hommes qui voul…

— C'est ce que je dis. E-xa-cte-ment ce que je dis. Les arbres ne te veulent pas de mal. Souviens-toi de ça. Parfois on le croit, mais c'est faux, les arbres sont les gentils. Les éléphants aussi. Oh, ils peuvent te tuer s'ils le veulent, mais ils le veulent rarement. Si, de temps en temps ils le veulent, ab-so-lu-ment. Des gens se font tuer par des éléphants qui chargent. Mais ici, avec nous… avec moi mais aussi avec les autres, ils sont gentils. Et puis surtout ils n'ont pas de grenades… Tu sais ce que c'est qu'une grenade ? Ben je vais t'en montrer une… »

Mais l'homme regarda sa montre.

« Plus tard, je t'en montrerai une, tu comprendras. »

Et ça continua comme ça jusqu'à ce que Juma demande deux choses :

« C'est quoi ton nom ?

— Hein ?

— Ton nom monsieur ?

— Harrison. »

Et : « Qu'est-ce que je dois faire aujourd'hui, monsieur Harrison ?

— Aujourd'hui tu me raconteras comment tu es arrivé là. Cet après-midi. »

L'homme se leva, sa chaise tomba, il maugréa et cria à une voiture qui arrivait : « C'est bon Conrad, m'emmerde pas Conrad, tu conduis. Ouais, tu conduiiiiis ! T'es content là ? »

Et Juma se dit qu'il était plus heureux que lui, oui. Cet homme-là, on aurait cru qu'il avait perdu deux bras.

Conrad dit : « Boss, tu crois pas que ce môme a déjà été assez traumatisé ?

— Je vois pas en quoi ça pourrait être pire.

— Tu as bu et je crois que tu lui as fait peur. Moi aussi j'ai peur quand tu bois.

— Conrad, c'est pas pire je te dis.

— Parfois, c'est pas le moins pire qu'il faut faire, c'est le bien.

— Ouais, t'es parfait toi…

— Qu'est-ce que tu vas en faire du gamin ?

— Il veut rester.

— Tu ne peux pas le garder, Boss. Tu vas avoir des problèmes avec les autorités.

— Quelles autorités ? Celles qui sont pas foutues de retrouver les mecs qui tuent mes éléphants et ma femme ?

— Je dis juste que ça va t'attirer des problèmes, c'est sûr.

— Je m'en fous.

— Est-ce qu'il y a une chose dont tu ne te fous pas ?

— Conduis. »

Harrison s'était décidé à vendre à nouveau des buffles à une réserve du nord du pays où les troupeaux avaient été décimés par une maladie. Les siens étaient sains, et il avait besoin d'argent car ça allait mal, trop d'insécurité dans le sud du pays faisait fuir les touristes.

Ils allaient rejoindre le vétérinaire embauché pour la journée, Craig, un Sud-Africain d'origine britannique qui travaillait en indépendant pour la plupart des parcs et fermes du pays. Un grand échalas qui visait extrêmement bien au fusil hypodermique, valait mieux, au prix que coûtait une seringue.

« Bientôt la vente ne remboursera même plus les frais de capture, on est mal.

— Ne mens pas Harrison, tes buffles sont ceux qui se vendent le mieux, on dirait des bêtes de concours ! »

Ils étaient magnifiques c'est vrai, les grands mâles noirs pouvaient atteindre une tonne, la plus belle lignée du pays, avec de lourdes cornes dépassant souvent le mètre cinquante d'envergure, de vraies masses, des géants qui n'hésitaient pas à charger les lions et même à défier les rhinocéros.

Quelques années auparavant, Conrad et Harrison avaient assisté sans y croire à un combat, buffle contre rhino, cornes contre corne, deux gladiateurs en rut déchargeant leur agressivité lors d'une lutte à mort, la savane en arène de leurs exploits et les chocs sourds qui résonnaient comme des détonations et tenaient le reste des animaux à distance.

« T'as déjà vu ça, Boss ?

— Nan. Mais pour rien au monde je n'aurais voulu le manquer. On prend les paris ? »

Sûr que le rhinocéros gagnerait, mais quand ? Car il fallait voir la montagne bovine de muscles enchaîner les attaques en beuglant et en soufflant si fort qu'on n'entendait que ça. Couvert d'écume blanche, il fonçait et fonçait encore et prenait bien soin de toujours faire face même en reculant, pour ne pas exposer ses flancs à la corne de kératine de son adversaire en furie, jusqu'à ce que le buffle exténué finisse par maladroitement perdre l'équilibre un instant et s'envoler. Demi-dieu fait de chair, il décolla littéralement comme sur un manège morbide, une corne fichée dans les entrailles. Pendant de longues minutes terribles et silencieuses même s'il beuglait son dernier souffle, les tripes en éclats, le rhinocéros le secoua en l'air jusqu'à ce qu'il réussisse à se débarrasser de sa brochette encore vivante, et quand le buffle fut à terre, il piétina la masse fumante jusqu'à ce que tout s'éteigne enfin, et resta là à souffler, et à tourner autour du cadavre.

« Nan, jamais vu ça. J'ai vu des buffles encorner des lionceaux tapis sous une souche, un à un, avec la mère impuissante qui écoutait sa progéniture couiner, j'ai vu des buffles affronter des crocos et récupérer leur petiot, j'ai vu ces animaux piétiner un guépard, mais ça, jamais. Une sacrée bête.

— Deux sacrées bêtes, Boss. Même si maintenant y en a plus qu'une.

— Ouais. On a perdu un sacré reproducteur. »

Mais de beaux spécimens il y en avait encore, et il n'allait pas falloir se louper avec les seringues car ces bêtes-là si elles vous chargent, prendre ses jambes à son cou ne suffit pas.

« Craig, on commence par qui, les deux mâles ?

— Non, je tire un taureau et deux femelles. L'anesthésiant mettra dans les cinq minutes à agir, tenez le camion prêt, je vous appelle sur la radio.

— Conrad, tu t'en occupes avec les autres, moi je vais avec Craig. »

Craig avait déjà préparé les trois seringues. Les deux hommes gravirent la colline pour rejoindre la troupe qui broutait nonchalamment et s'aplatirent dans l'herbe.

« Merde, si tu savais comme j'aime ça, chuchota Craig. Faire la tournée des fermes avec des antibios ou sortir un p'tit veau n'a rien de bien excitant, mais là, merde, j'suis un sniper bon Dieu !

— Ouais, ben te loupe pas, soldat.

— Je me suis déjà loupé ?

— Il y a toujours une première fois, alors concentre-toi. »

Craig regardait dans le viseur un grand mâle relever la tête et humer l'air. Pourvu qu'il n'y ait pas un prédateur dans le coin qui mette la pagaille, mais non, le buffle recommença à ruminer en agitant la queue. Le jeune homme épaula, bloqua sa respiration, pfoum, une fois, il rechargea, épaula, visa la femelle qui n'avait pas encore eu le temps de comprendre, appuya sur la gâchette, pfoum, deux fois. Pfoum, trois fois. La troupe s'éparpilla au bruit des détonations, les trois bêtes touchées se mirent à courir.

« Très beaux tirs.

— *Thank you my dear*, répondit Craig en s'emparant de la radio et en prévenant les équipes. C'est bon, on y va. Démarrez le camion, ils se dirigent vers l'est. »

Harrison et le vétérinaire dévalèrent la pente en vitesse, sautèrent dans la Land, remontèrent dare-dare la colline sans trop ménager le véhicule qui grondait et partirent à la poursuite des buffles, maxillaires serrés et regard concentré. L'un de leurs chapeaux s'envola et retomba comme la graine voyageuse d'un gigantesque arbre de paille.

Au bout d'une minute, les trois animaux ralentirent, une seringue aux fanions roses fichée dans le trochanter ou dans la cuisse, ils s'immobilisèrent et regardèrent autour d'eux, hagards, leurs grandes oreilles poilues s'abaissant sous leurs cornes, tentant de mettre un lourd sabot devant l'autre mais vacillants.

« Ils sont tous dans le même coin, on a de la chance. Mais la prochaine fois, prends deux camions, Harrison.

— On fait ce qu'on peut. »

Il avait tellement envie de vomir, le whisky remontait comme la purée verte que les buffles allaient bientôt dégueuler, mais il ravala ses renvois qui avaient un goût amer de bile.

Les deux bufflonnes et le mâle tentèrent en vain de continuer leur marche, empreints de cette maladresse des bébés ou des vieux séniles, et les buffles regardaient le ciel puis presque en même temps ils soulevèrent la poussière. Grosses masses ils s'affalèrent, les pattes en l'air, obèses cornemuses gonflées tombant à terre, sans comprendre.

« C'est parti. » Harrison nomma trois de ses hommes pour tenir la tête des bovidés pendant que le véto les examinait.

« Plus haut, cria Craig à Swahi, soulève-le mieux que ça, bon Dieu ! » C'est le risque majeur avec ces ruminants, qu'ils se vomissent dedans, avait-il expliqué à Harrison la première fois. Il fallait leur choper les cornes, redresser leur tête et leur maintenir le museau en bas, pour que tout sorte. Sinon tout irait dans les poumons. Harrison avait déjà perdu deux bêtes comme ça, parce que plus ils ont mangé, plus les compartiments de leur estomac sont pleins, et si on ne permet pas à ce qui revient dans leur bouche de s'évacuer, tout va dans les bronches. Leur vente rapportant plusieurs milliers de dollars, fallait pas merder. « Encore plus haut bordel Swahi, fais-le gerber ! » Et Swahi remit la tête du ruminant dans la bonne position.

« Harrison, cette bufflonne est pleine. Tu auras bientôt un petit à donner avec ton lot, dit Craig en retirant son bras de sous la queue de la femelle.

— Bon. Les autres vont bien ?

— Yep. Je prépare l'antidote et toi tu vérifies qu'ils ne s'esquintent pas à la mise dans le camion. »

Le mâle fut le premier à être poussé sur la civière, six gars bandèrent leurs muscles et ahanèrent, les veines des tempes saillant, le cœur s'emballant. Le buffle irait dans le premier compartiment. Les hommes peinaient et s'essoufflaient car le temps jouait contre eux, neuf cents kilos de chair inerte à traîner et à hisser sur le hayon et « Stooop ! ». Harrison dégagea prestement la patte arrière gauche de l'animal qui avait glissé et qui s'abîmerait sur les montants, la repoussa sur la large civière accrochée au treuil avant de crier : « C'est bon ! » Alors lui et les hommes en sueur poussèrent le buffle dans le compartiment et fermèrent la cloison tandis que Craig s'empressait d'administrer au travers d'une ouverture l'antidote pour que la bête se réveille au plus vite. Ce qu'elle fit dans un fracas de tôle et de souffle furieux comme un diable hurlant dans une prison de métal.

« Au tour des deux femelles. Allez, on se magne ! »

Quand on ouvrit les portes et les cloisons du camion, les trois buffles se précipitèrent dans le corral situé à un kilomètre de la maison d'Harrison. Ils y resteraient en quarantaine jusqu'à l'arrivée de six autres bovidés qui seraient ensuite acheminés vers le nord. En espérant qu'aucun ne meure, que le bufflon à venir se porte bien, que la vente se fasse sans encombre. Ça prendrait plus de deux mois, un trio étant capturé chaque semaine.

« J'emmènerai Juma la prochaine fois.

— C'est qui ? demanda Craig en rangeant les produits dans sa mallette.

— Un gamin. Qui va rester là un peu.

— Bien sûr, emmène-le, c'est une sacrée expérience. Et on a toujours besoin de deux bras supplémentaires.

— Il n'en a qu'un. De bras. Mais je ne crois pas que ce soit un problème. À la prochaine, Craig.

— Ouais. Au fait, comment va Pearl ? » C'était la question qu'on posait depuis qu'on ne pouvait plus demander comment allait Travis.

« Pearl va bien. Je crois qu'elle est pleine.

— Si on la voit la prochaine fois je confirmerai. Prends soin de toi Harrison.

— Tu penses... »

Quand Harrison rentra il était moulu, les jambes en compote comme un impala tout juste né, lui aussi ne rêvait que d'une chose : téter. Il se précipita vers le whisky sans même remarquer Juma assis sur le perron.

« Je vous attendais, dit l'enfant qui se posta dans l'embrasure de la cuisine.

— Pourquoi ?

— C'est vous qui me l'avez demandé.

— Et ?

— Et alors vous m'avez dit de vous raconter. »

Harrison but à même le goulot, puis il se servit une belle rasade dans le verre, ôta ses chaussures et ses chaussettes qu'il jeta dans la pièce, marcha jusqu'à la terrasse en tenant le verre comme si c'était un talisman.

« Oui, dis-moi. Dis-moi tout. »

Le lendemain Harrison était sobre et dit à Juma :

« Au travail.

— Oui monsieur.

— Suis-moi. »

Flanqué de l'enfant qui trottinait derrière ses grandes enjambées, Harrison se dirigea vers la cabane où il entreposait les outils, ouvrit le cadenas, farfouilla dans la pénombre que seuls quelques rais de lumière s'infiltrant à la jonction des planches éclairaient, et tendit une machette à Juma. L'enfant recula d'instinct. Trois grands pas.

« Qu'est-ce qui se passe ?

— Je n'aime pas trop ça, faut me comprendre, je…

— Ce que je comprends, c'est que ça part mal. Tu veux travailler ou pas ?

— Oui monsieur, mais…

— Pas de "mais", tu prends ça. On va couper des acacias pour permettre aux Land Rover de passer. Alors à moins que tu veuilles ronger les branches, tu auras besoin d'une machette. »

Juma baissa les yeux. Il ne bougeait pas. Et tremblait imperceptiblement. Il prit une grande inspiration et s'avança, pour finalement se saisir de la machette en croisant le regard attentif de l'homme qui la lui tendait.

« Bien, allez, en route », lui dit doucement Harrison en lui posant la main sur l'épaule.

Juma crispa sa main sur l'outil en le gardant bien loin de lui.

« Lui donner une machette, Boss, c'est n'importe quoi.

— Pourquoi, Conrad ? T'as refusé de voir des lions après t'être fait attaquer pour me sauver ? Quand t'avais les chairs lacérées et qu'on voyait ton omoplate, t'as eu peur des fauves après, toi ? T'as peur du sol quand t'es gamin et que tu tombes tout le temps dessus ?

— J'ai eu peur oui, même des chacals, j'avais peur.

— Et c'est passé comment ?

— Parce que je n'avais pas le choix. Et parce que ça arrive. Parce que les lions sont comme ça.

— Vrai. Juma c'est pareil. C'est pas une machette qui l'a coupé, c'est un homme. Parce que les hommes sont comme ça. Alors il peut se méfier des hommes, comme tu te méfies des lions, mais tu pleures pas chaque fois que tu vois des griffes, si ?

— Non.

— C'est pareil avec la machette. Il fallait le voir couper les petites branches des buissons, c'est comme s'il se vengeait, la sueur au front. Tchak tchak tchak, et que je tiens la branchette avec les pieds, et que je tranche là-dedans. Juma n'a pas besoin d'être protégé, sinon il n'aurait pas fui le centre, il a besoin de vivre, ce gamin.

La machette pour lui maintenant, c'est comme un bol de café. Tchak tchak, glou glou. »

En voyant Harrison mimer tout ça, Conrad se mit à rire avant de reprendre son sérieux :

« Tu te souviens de ce jour-là, Boss ? Le jour de la lionne ?

— Putain, combien de fois je te l'ai dit : ne m'appelle plus Boss.

— Tu te souviens ?

— Jamais je ne l'oublierai. Mais ce qui me tue, c'est de n'être pas sûr d'avoir fait la même chose pour toi.

— Tu l'aurais fait, je le sais.

— En tout cas, je le ferais maintenant Conrad, c'est sûr. »

Les deux hommes croisèrent leurs regards dans une longue accolade. Harrison sentit un picotement dans son ventre, qu'il ne comprit que plus tard. Grâce au gamin, grâce à Conrad, il revivait.

Le lendemain matin, il prit l'enfant par l'épaule.

« Aujourd'hui, on va planter une caméra. »

Juma en resta tout interdit.

« Tu te moques de moi, monsieur.

— Quoi ?

— Ben ça ne pousse pas, une caméra.

— Quoi ? Mais non, bien sûr que ça ne pousse pas, on va juste la planter dans le sol. Mais j'espère quand même que la récolte d'images sera bonne, rétorqua Harrison en se mettant à siffloter, tandis que Juma se grattait la tête. Te tracasse pas, va, tu comprendras. Va chercher ton chapeau et les lunettes de soleil que je t'ai données. »

Ce môme ! Sacré gamin.

Après avoir mis le matériel dans la Land ils partirent à l'ouest, le petit gamin renfrogné avec sur le nez des lunettes trop grandes pour lui à côté de l'adulte amusé, « Ça pousse pas une caméra, faudra que je raconte ça à Conrad, il se tordra les côtes. »

Sur leur passage les antilopes détalaient avec légèreté avant de se figer dans les hautes herbes et de se gratter l'oreille de leurs fines pattes arrière, petites ballerines fauves et alertes. Les rhinocéros blancs relevaient la tête.

Harrison arrêta soudain le véhicule et laissa Juma s'émerveiller. Puis se dit que la leçon pouvait commencer :

« C'est quoi ça ?

— Trois rhinocéros.

— Oui, mais lesquels ? Blancs ou noirs ?

— Ben, gris…

— OK. Bon, regarde-les bien, prends ton temps. Je t'en montrerai d'autres, et tu me diras s'ils se ressemblent.

— Ayé, je les ai bien regardés.

— Dac'. »

Harrison avait très vite remarqué la faculté d'observation de l'enfant. Capable de repérer une tortue entre les pattes d'un koudou, « Mais si, là, sous celui qui est au milieu du troupeau, tu crois qu'il va l'écraser ? ». D'identifier d'un coup d'œil les blessures d'un éléphant ou les dentelures de ses oreilles alors même qu'il s'en servait comme de deux éventails. Une acuité visuelle hors du commun, pourtant les albinos ont les yeux très fragiles et la vue souvent déficiente. Ce gamin était différent : il enregistrait tous les petits détails derrière ses lunettes noires.

Harrison arrêta de nouveau la voiture auprès de buissons d'acacias.

« Regarde. Quelles différences tu vois entre ces deux rhinos-là et les trois précédents, dis-moi ? »

Juma regarda les bêtes, une mère et son petit de six ans. Ils mâchouillaient des feuilles.

« Ils ne mangent pas d'herbe, mais des buissons.

— Et ?

— Et leur bouche est différente. Là ça fait un peu comme un bec.

— Pourquoi ?

— Ben, je crois que pour brouter il faut des lèvres plates, mais si on doit chercher des feuilles dans un buisson, ça doit être différent ?

— Exactement. Et encore ?

— Leur dos n'est pas pareil.

— Pourquoi ?

— Parce qu'ils ne font pas les mêmes gestes pour manger ?

— Oui. Et encore ? »

Juma ferma les yeux pour bien se souvenir des premiers qu'il avait vus, il se concentra longtemps avant de demander :

« C'est son bébé avec elle ?

— Comment tu sais que c'est une femelle ? »

Le petit était presque aussi grand que la mère, même s'il n'avait que six ans.

« C'en est une ? Alors son petit n'est pas au même endroit que chez les autres. Il est derrière. L'autre était devant. »

Harrisson se tourna vers l'enfant, interloqué.

« Tu m'impressionnes. Ces rhinocéros-là sont des rhinocéros noirs. Les rhinos blancs ne savent pas bien tourner la tête, vu qu'ils broutent devant eux, donc le meilleur endroit pour protéger le petit c'est devant. Les rhinos noirs le mettent derrière, car leur cou est plus mobile. Tu sais ce qu'on dit aux touristes pour qu'ils s'en souviennent ?

— Non.

— Que les mamans noires portent leur bébé dans le dos, et les mamans blanches devant, sur le ventre.

— Moi je ne sais pas comment elles font les mamans blanches.

— Bien sûr. Mais tu deviendras *ranger* un jour. Et tes touristes comprendront très bien l'analogie. Et ils apprendront à différencier les deux espèces. Les touristes ne sont pas aussi malins que toi, ils ont besoin d'images. »

Mais Juma n'avait même pas entendu la fin de la phrase.

« C'est vrai, tu m'apprendras à devenir *ranger* ? C'est vrai ? C'est vrai Harrison ?!

— Ce n'est pas ce que tu veux ?

— Oh si, j'aimerais tellement. Parce que les touristes sont tous blancs, alors comme moi aussi je suis un peu blanc, ça ira, on sera pareils.

— Alors oui, *Ranger* junior », lui répondit Harrison en pensant tristement que non, ça ne serait jamais pareil. Ni dans un sens, ni dans l'autre. Pas en Afrique.

Juma impressionnait réellement Harrison et lui rappelait lui quand il était enfant. Sauf que le gamin n'avait jamais vécu dans la brousse. Un vrai don.

« Ils font pas caca de la même façon non plus on dirait, remarqua Juma quand la Land redémarra.

— Quoi ?

— Ben leurs bouses, elles se ressemblent pas. Mais c'est normal puisqu'ils ne mangent pas la même chose. Ici dans leurs cacas, y a plein de brindilles.

— T'es vraiment le meilleur, fiston », lui répondit Harrison avec un grand sourire en lui tapant l'épaule. Sans même se rendre compte de ce qu'il avait dit.

Juma se rengorgea sur son siège. Comme une petite fleur qui se redresserait après avoir été piétinée.

« Sors la pelle et la binette et moi je prends la caméra. On va marcher sur le sentier. Regarde les empreintes, y a du passage ici, même des hippopotames : tu vois là, quand de petits graviers s'accumulent au milieu des traces de pattes ? »

La caméra était enfermée dans un boîtier métallique dont la porte se bloquait avec un fil de fer et le boîtier était attaché à un pieu de bois d'un mètre quatre-vingt-dix de haut. Il leur fallut creuser un trou de quarante centimètres de profondeur, ils se relayaient, Harrison à la pelle et Juma à la binette, bénissant les arbres pour leur ombre salvatrice.

« Le capteur de mouvements se déclenchera au passage d'un animal, un koudou, un rhino, des éléphants aussi, et s'éteindra au bout de trente-cinq secondes s'il n'y a plus de mouvement. On viendra récupérer le toutim dans deux semaines.

— Ça sert à quoi ?

— À être une petite souris.

— Pour quoi faire ?

— OK, à être invisible si tu préfères, expliqua Harrison en se mettant à chuchoter. On filme les animaux sans qu'ils le sachent, et du coup on en apprend sur leur comportement. Et puis parfois on découvre aussi des animaux qu'on n'avait jamais vus. Ça s'appelle de la recherche.

— C'est pour être sorcier alors ? On voit les choses même quand on n'est pas là ?

— Tout à fait. Et souvent en plus c'est très rigolo, tu verras quand on regardera.

— D'accord. Alors j'aime bien planter des caméras », glissa Juma à l'oreille d'Harrison, qui dut lui dire que ça allait maintenant : « On peut à nouveau parler normalement, mon bonhomme. Remets ton chapeau correctement, ça va cogner. Voilà. »

Ils partirent vérifier quelques barrières un peu plus à l'ouest. En passant près d'un troupeau d'antilopes, Juma demanda :

« Et ça, c'est quoi ?

— Tu le sais bien, ce sont des springboks.

— Non, l'autre, là, celle qui est toute brune ? »

Harrison coupa le moteur et ôta sa casquette pour s'éponger le front.

« C'est une antilope un peu différente. Avec un gène récessif qui lui donne trop de mélanine. Le contraire de toi en fait. Un springbok, mais noir.

— Ça lui pose des problèmes ?

— Eh bien… oui. Disons qu'il… disons qu'il est plus visible aux yeux des prédateurs, parce qu'il se détache des autres. Alors il…

— On est pareils lui et moi alors, en inversé mais pareils. »

Harrison remit sa casquette et soupira.

« Si tu veux. Mais tu connais l'histoire de Migaloo ?

— Non.

— OK. Tu sais ce qu'est une baleine ?

— Non.

— Bon. Je te montrerai des images en rentrant, mais tu vois un éléphant ?

— Oui.

— Bon, imagine un éléphant, mais en beaucoup beaucoup plus grand, et qui sait nager, il nage comme les poissons, sous l'eau, tu imagines ça ?

— Il respire par la trompe ?

— Non, il n'a pas de trompe. Il respire... Écoute, t'en fais pas, imagine seulement un gros poisson, un gros gros poisson, le plus gros poisson du monde.

— Gros comment ?

— Treize mètres de long et elle pèse trente tonnes. Comme dix-huit Land Rover. Tu vois ?

— C'est gros.

— Oui, c'est très gros. Et il y en a une qui est toute blanche. C'est une baleine à bosse, complètement blanche, albinos, comme toi.

— Vraiment ?

— Vraiment, je te montrerai les photos. Migaloo a été découverte il y a sept ans lors de son périple, imagine ça Juma, elle traverse les mers, les eaux glaciales de l'Antarctique, c'est-à-dire des eaux aussi froides que quand il pleut la nuit, encore plus froides même, jusqu'à des mers beaucoup plus chaudes, en Australie. Rappelle-moi de te montrer une mappemonde, hein. Bref, la baleine nage 16 000 kilomètres aller-retour chaque année. Et elle est albinos. Alors tu crois pas qu'elle est forte cette baleine ?

— Des milliers de kilomètres elle nage ? Ouais, elle est forte.

— Elle est comme toi Juma, elle fait de longs voyages. Et pourtant elle n'est pas comme les autres baleines. Alors tu vois, ça dépend.

— Oui. Moi je suis pas un springbok, je suis Migaloo.

— C'est ça. Et tu deviendras grand et fort comme elle.

— Ouais. Grand et fort. Mais je sais pas nager.

— Tu m'emmerdes. Allez, on va se les faire, ces barrières. C'est comme la caméra, y a qu'à planter. »

Tandis que les images à l'écran montraient Juma et Harrison remplacer les piquets en sifflotant, N'Dilo soupira :

« Tu es bien tombé, Juma. Pas eu la chance d'avoir une enfance comme la tienne, moi.

— Pas eu la chance d'avoir perdu un bras ? ironisa l'enfant.

— Touché. Mais y a eu des moments dans ma vie où des bras, c'était comme si j'en perdais tous les jours, crois-moi. J'étais pas en train de fricoter avec ma cousine Lucy, moi, dit-il en fusillant Harrison du regard.

— Je ne *fricotais* pas.

— Ouais, peu importe. »

L'homme et l'enfant sont revenus en fin d'après-midi, exténués. Narima avait préparé de l'orangeade que Juma et Harrison sirotaient, allongés sur l'herbe sous le ciel encore clair.

« On dirait le paradis ici, dit l'enfant.

— Seulement quand on aime être Dieu.

— C'est-à-dire ?

— C'est-à-dire qu'on doit punir quelquefois.

— Punir qui ?

— Ce ne sont pas tes histoires. »

Harrison se leva d'un bond et fila à la cuisine, où il saisit une bouteille de whisky avant de se cloîtrer dans sa chambre, dans leur chambre, à lui et à Travis, ses affaires à elle encore dans les placards.

Narima resservit une orangeade à Juma et s'assit à côté de lui.

« Ça passera, lui dit-elle.

— Non, je ne crois pas, répondit l'enfant. Puis : Qu'est-ce qui lui prend à Harrison ? Dis-moi. »

L'image se figea sur leurs deux visages qui se rapprochaient, alors que Narima commençait à parler d'enfer. Avec des mots choisis pour un enfant que Juma n'était plus depuis longtemps.

N'Dilo se leva.

« Et alors, hein ? Qu'est-ce qu'elle t'a dit ?

— Elle a dit que tu avais placé la grenade qui avait tué Travis, répondit Juma en se grattant le pied.

— Ben tiens. »

Il se tourna vers Harrison.

« Narima a juste répété ce que TU lui avais dit. Monsieur part faire ses études en Europe et revient comme s'il pigeait tout. Chapeau.

— Ça ne sert plus à rien maintenant de m'en vouloir pour une éducation que tu n'as pas eue.

— N'empêche. Tu t'es déjà demandé ce que je faisais moi, pendant que tu trouvais que ta tante et ton oncle étaient détestables, que Londres sentait trop mauvais, et que tu fricotais avec ta cousine Lucy ?

— Je ne *fricotais* pas, je t'ai dit.

— Tu t'es demandé oui ou non ? T'as pensé à moi pendant que t'étais là-bas ? Jamais. Tu viens juste d'apprendre la mort de ma mère, alors que tu aurais pu te renseigner quand tu es rentré, il n'était pas loin, le village. Tu l'apprends que quand t'es mort, et après tu vas me dire qu'il t'intéressait, le p'tit gamin avec lequel tu jouais ? Foutaises, c'est comme ça que tu dis, hein ? *FOUTAISES.* »

Sur le mur déjà de nouvelles images remplaçaient les précédentes. Un nouveau titre apparut. N'Dilo baissa la tête et s'éloigna, tournant le dos à l'écran et crachant par terre.

Quand N'Dilo survivait

1962

C'est lui qui avait eu l'idée en premier, ça leur ferait un peu de sous, depuis qu'il avait perdu sa mère il fallait bien se débrouiller. Alors N'Dilo et deux copains allaient au bord de la route, et avec la terre rouge du bas-côté tous les trois rebouchaient les nids-de-poule sur la piste. Et quand une voiture ou un camion passait, ils criaient « Money ! Money ! », souvent on ne leur donnait rien mais quelquefois ça marchait, chauffeur ou passager leur jetait quelques billets qui les faisaient sauter de joie et courir quelques instants derrière le véhicule en agitant l'argent qu'ils avaient dans les mains. Parfois ça tombait, ce n'était pas grave, il n'y avait qu'eux sur le bord de cette route. Et quelques grenouilles en galettes. Et un porc-épic qui servait de cantine aux mouches.

N'Dilo mettait du cœur à l'ouvrage, comme s'il avait voulu finir la route au plus vite. Tandis que les deux autres gamins chantaient ou se chamaillaient, flemmardaient ou traînaient des pieds, il apportait en courant de pleines poignées de terre flamboyante dans ses mains comme de petits grains de feu, encore et encore, et ne se reposait que lorsque la grande ornière était comblée. « Hey, calme-toi ! Si on rebouche tous les trous trop vite, plus personne ne nous donnera de sous, N'Dilo !

— Tu crois que si on ne les rebouche pas, on nous en donnera quand même ?

— Gna gna…

— Faites ce que vous voulez. »

Et N'Dilo continuait son petit travail de Sisyphe car ils le savaient tous, la saison des pluies refoutrait tout en l'air. Et ils pourraient faire ça toute une vie, un travail sans fin. Le soir quand ils rentraient au village, ils étaient épuisés, et le matin, il fallait encore marcher pour aller à l'école. N'Dilo n'aimait pas l'école. Il avait douze ans. Il ne l'aimait plus. Une faille dans son cœur s'était installée sans qu'il sache bien pourquoi. À la fois colère et lassitude. Avec par-dessus une saison sèche qui n'en finissait pas, des récoltes encore plus maigres que les zébus et les chèvres.

Il sortit son lance-pierre et s'éloigna, maussade mais heureux de sentir sous ses pieds l'herbe, même sèche, plutôt que la terre de la piste qui parfois le brûlait. Il s'apprêtait à tirer un passereau quand il entendit du bruit. Il s'aplatit au sol, sa fronde sous son torse. Puis une voix dit en swahili « Ralentis. » N'Dilo releva la tête. Deux hommes transportaient un grand impala. Ils avaient passé un long bâton au travers de ses pattes arrière et de ses pattes avant, au-dessus des sabots, au niveau des tendons, et croisé les membres de l'animal. Chacun portait le chargement sur une épaule, puis ils s'arrêtaient et en changeaient. La tête de l'antilope continuait de se balancer mollement de droite à gauche comme si la bête dansait en rythme et sa longue langue sortant de sa bouche semblait vouloir à chaque pas lécher les flèches qui l'avaient tuée. Les deux chasseurs étaient dissemblables : le premier, grand, fort et alerte, avait l'arc et le carquois, et l'autre derrière, plus petit, plus vieux, plus sec, peinait à porter la charge qui lui pliait le dos et s'essoufflait.

N'Dilo les suivit de loin. Il n'y avait plus beaucoup de beaux impalas comme celui-ci dans le coin, ça ne pouvait venir que de la réserve de chasse de Carter. Et si ça venait de là, les deux hommes n'étaient pas des chasseurs, mais des braconniers. Car il était strictement interdit d'entrer dans la réserve à moins qu'on ne soit client, ou membre du personnel. M. Carter avait des accointances avec le gouvernement, même depuis l'indépendance. De fait, on disait qu'il avait participé au placement des hommes qui le composaient, des ministres au Président. Non, tout le monde le savait que M. Carter ne faisait pas qu'accompagner les riches tirer un éléphant ou un lion. Il était donc particulièrement risqué d'entrer sur ses terres, et d'y braconner. À moins de savoir ce qu'on faisait.

N'Dilo connaissait la réserve comme sa poche. Un plan se mettait en place. Fini le rebouchage des trous. S'il pouvait tirer un oiseau, il pourrait tirer autre chose.

Se mettre à l'affût. Poser des collets. Avec son corps sec et musclé et sa souplesse – sa maman ne l'appelait-elle pas sa petite panthère ? –, il était fait pour chasser. Sans s'en apercevoir, en suivant les deux braconniers, il souriait.

Les deux hommes entrèrent dans les quartiers les plus éloignés du centre-ville, pas de Blancs par ici, et sillonnèrent les ruelles de terre à nu entre les cases de pisé au toit de paille. Pas encore de tôle, ça arriverait plus tard, dans quelques années, quand la ville s'étendrait et se gonflerait comme un gros crapaud et que tout le monde viendrait y chercher du travail qui n'existait pas, ou fuirait les rébellions. Pour l'heure les enfants jouaient en criant de rire, les femmes se penchaient pour balayer leur seuil, d'autres revenaient du puits, des calebasses ou des seaux pleins sur leurs tresses ou leurs foulards, les hommes rentraient du travail, d'autres plus vieux dodelinaient de la tête, assis à l'ombre sur de petits bancs de bois patiné par les ans. Quand on est vieux on n'attend plus rien, N'Dilo ne serait jamais vieux, ça lui paraissait trop ennuyeux.

Il n'avait plus besoin de se cacher et se fondit donc dans la foule qui arrivait dans le patio d'une case bien tenue. Les deux bracos posèrent sans précaution l'antilope au sol, alors que des femmes se précipitaient vers eux en agitant des billets et que des chiens efflanqués attendaient mollement derrière, couchés mine de rien, patients.

Tout le temps qu'il découpa l'animal, le plus grand des braconniers garda son carquois dans le dos, comme une deuxième peau. Ses muscles luisaient sous le soleil, et pour N'Dilo, c'était le plus bel homme qu'il ait jamais vu. Une vraie force de la nature. Il deviendrait comme lui. Il ne craindrait rien. Ni personne.

L'homme entama le ventre avec son couteau, de l'anus jusqu'au cou, fit un nœud pour fermer l'œsophage, sectionna la trachée. Il se saisit de la panse et des tripes, s'attela rapidement à l'extraction de la vessie et du rectum, puis s'occupa du cœur, des poumons et du foie, qui furent achetés immédiatement. L'homme fit encore quatre incisions, chacune allant du ventre à un sabot, et dépeça l'impala.

Un homme échangea prestement avec lui quelques billets qui finirent ensanglantés dans sa poche. Il essuya la cavité abdominale de l'antilope puis découpa les pièces de viande. En quelques instants il ne restait plus rien de la bête, tout avait été vendu, les chiens se délectaient des tripes en grognant, tandis que les plus jeunes, ou les plus maigres, lapaient le sang qui imprégnait la poussière. La tête de l'impala fut emmenée par un vieil homme qui la vendrait sans doute comme trophée.

Quand le braconnier s'en fut, les poches remplies, une femme balayait déjà la cour en houspillant les chiens. N'Dilo s'en retourna dans son village. Il lui fallait un arc, il lui fallait des flèches.

« T'étais où ? lui demandèrent Amin et Mmanbou.

— Nulle part.

— On t'a attendu !

— Fallait pas », répondit N'Dilo, avant de se mettre à courir entre les cases du village et d'entrer dans celle du vieux Badim Balouk.

« Il me faut un arc.

— Il me faut des salutations dans les règles.

— Quoi ?

— Si tu veux un arc, c'est que tu n'es plus un enfant, N'Dilo. Et un adulte se doit d'apprendre le respect. »

N'Dilo baissa la tête et recula. Il salua le vieil homme dans les règles, comme il l'avait vu faire, en répétant deux fois son nom de famille pour honorer aussi les ancêtres, et deux fois le sien, puis il s'approcha, tendit sa main droite que Badim prit dans la sienne et s'enquit des nouvelles des membres de sa famille. Il trouvait ça absurde : ils vivaient tous là, et il les croisait tous les jours. Le vieux se mit à rire, un rire gai, bienveillant et presque sans dents.

« C'est bien, c'est bien. Alors, qu'est-ce qui t'amène, N'Dilo Ubuntu ? demanda le vieil homme en se rasseyant avec précaution sur sa natte déchirée.

— J'ai besoin d'un arc.

— Je vois. Et tu sais comment faire un arc ?

— Non, mais vous en avez plein là, je les vois, derrière vous, qui ne vous servent plus. Je pourrais prendre un de ceux-là ?

— Prendre ? Un arc ne se prend pas, N'Dilo.

— L'acheter, je voulais dire. Mais je n'ai pas beaucoup d'argent pour l'instant.

— Un arc ne s'achète pas.

— Mais vous ne vous en servez plus !

— Tu as l'air de vraiment vouloir cet arc, dis-moi ?

— Oui.

— Alors reviens demain, après l'école. Et je t'apprendrai à fabriquer ton arc.

— Mais ce sera long, je n'y connais rien !

— La saison sèche est longue aussi. Mais c'est elle qui amène la pluie. À demain N'Dilo. »

Le vieil homme s'allongea sur sa natte d'un autre âge, croisa les mains sur son ventre et ferma les yeux. Un gisant d'ébène qui souriait.

Le lendemain, N'Dilo attendait en s'impatientant, accroupi à l'ombre des murs de pisé. Le vieux Badim sortit avec un tronçon de bambou.

« Tu es prêt ?

— Oui !

— Alors, va dans ma case prendre le petit banc, que je m'asseye dessus, car à mon âge on a mal partout. »

Cet après-midi-là, le vieil homme demanda à N'Dilo d'étendre les bras. Avec une cordelette il prit la mesure entre l'extrémité de sa main gauche et le creux de son coude droit, puis il apprit à l'enfant comment prélever une partie du bambou, de la même longueur, « avec respect, comme si le bois était vivant », comment en répartir les nœuds de part et d'autre du centre pour équilibrer l'arc, « c'est comme ton corps, il fonctionnerait moins bien si tu avais les jambes qui commençaient aux genoux, non ? », comment effiler les extrémités, comment y attacher un morceau de cuir d'antilope, comment le poinçonner pour y passer la corde.

Il lui montra comment séparer une liane en deux, puis encore en deux, et encore en deux, jusqu'à l'épaisseur requise. Ça ne lui prenait pas longtemps au vieux Badim qui avait fait ça toute sa vie : assis sur son banc, il coinçait la liane entre deux orteils, maintenait l'autre extrémité dans sa bouche et séparait avec dextérité les fibres, encore et encore, en épiant N'Dilo qui l'imitait, concentré, les gestes lents, inexpérimentés, levant la tête de temps en temps pour jeter un regard à son aîné et tenter d'adapter son rythme au sien mais ça ne marchait pas pareil, « j'y arrive pas ».

Le vieil homme l'ignora et continua de séparer les fibres comme s'il appartenait à un autre monde que les voix des enfants grognons n'atteignaient pas.

Une fois sa corde finie, et alors que Badim en avait déjà entreposé plusieurs à ses pieds, N'Dilo dut s'y reprendre à plusieurs fois pour la nouer de la bonne manière, c'étaient des entrelacs à n'en plus finir et il perdait patience mais « Veux-tu que ton arc tire droit ou pas ? » À la fin le vieil homme noua lui-même une de ses lianes, vérifia l'allonge de la corde et hocha la tête.

Il se leva avec lenteur pour mesurer la distance entre l'extrémité des doigts de N'Dilo et son aisselle. « Pour les flèches. Qui ne sont qu'une extension de ton bras. Souviens-toi de ça : la flèche est une extension de toi, de ton œil, et de ton bras. Considère-la comme un nouvel organe. »

Ensemble ils coupèrent cinq tiges de cette longueur dans le bambou. « N'Dilo, regarde les tiennes, et regarde les miennes. Lesquelles sont droites ? Recommence. »

Tandis que N'Dilo soupirait et taillait une nouvelle tige dans le bambou, Badim rentra dans sa case et s'accroupit devant un morceau de tissu qu'il déplia avec précaution. Il sourit devant une quinzaine de pointes de flèches rangées tête-bêche comme un trésor depuis longtemps enfoui. Il les soupesa, les caressa, les palpa. Compta les encoches, vérifia les tiges de métal. Il n'en avait pourtant pas besoin, elles n'avaient jamais servi. Il les destinait à son fils aîné, qui serait devenu sentinelle, comme lui, s'il n'avait pas péri il y avait bien longtemps, attaqué par un hippopotame en furie, le corps piétiné et des plaies béantes au ventre. Badim avait forgé les pointes lui-même. Il en avait vrillé la partie inférieure, avait façonné les encoches pour que le métal ne sorte pas de la bête, ou de l'homme. Il avait martelé le métal, affûté les lames, il avait fait ça avec entrain, avec bonheur, avec amour. Il y avait bien longtemps. Si longtemps.

Il en préleva cinq, les plus petites. Referma le tissu poussiéreux sur les autres qu'il laisserait reposer là. Sous leur petit linceul, au fond de la case, tout près de lui.

Quand il revint, il expliqua à N'Dilo comment insérer les pointes de métal dans les hampes de bambou, comment les enfoncer dans le bois, sans forcer, sans contrainte, « car les deux seront liés pour toujours ». Puis N'Dilo et lui partirent chercher aux abords du village quelques lambeaux d'écorce fraîche qui, divisés en deux, libéreraient une multitude de petites fibres blanchâtres, élastiques et collantes, dont il entourerait la jonction entre hampe et pointe. « Tu as vu comment j'ai fait ? À toi maintenant. »

L'enfant s'appliqua. Entre ses doigts naissaient les armes dont il aurait besoin pour gagner de l'argent, pour partir d'ici, pour oublier l'école, les trous, le village. Pour être riche. Peut-être même aussi riche qu'un Blanc. Ou qu'un ministre. Il serait le meilleur, aucun doute. Cette certitude lui brûlait presque le cœur.

À la fin de la journée, quand l'arc et les flèches furent terminés, Badim lui fit cadeau d'un carquois tressé avec autant de finesse qu'une coiffe de femme en lui disant « Ne le perds pas. »

N'Dilo s'apprêtait à glisser les flèches dedans mais, avant qu'il se soit rendu compte de quoi que ce soit, le vieux Badim lui avait retiré violemment l'arc des mains, avait saisi une flèche au sol et tiré. La flèche s'était fichée dans la gorge d'un jeune serpent des savanes qui se tortillait maintenant à cinq mètres d'eux, cloué au sol par le fer. Un mamba noir. L'un des plus venimeux, même juvénile. Qui cessa vite de lutter.

N'Dilo, stupéfié, avait encore la bouche ouverte quand le vieux Badim se leva avec précaution et parcourut courbé, en se tenant les reins, les quelques mètres qui le séparaient du reptile mort. Il appuya sur sa tête pour dégager la flèche, nettoya la lame sur son pantalon, saisit le mamba qu'il jeta dans les broussailles derrière la case, un ruban gris qui vole, et remit la flèche dans le carquois qu'il tendit à N'Dilo, ainsi que l'arc.

En les prenant, l'enfant se dit qu'il n'avait pas fini de s'entraîner s'il voulait vraiment être le meilleur.

« Quelle cible je choisis ?

— Tu ne veux pas abîmer les flèches. Donc un tas de paille. Ou une termitière. Ça fera l'affaire. Et souviens-toi, c'est ton œil droit que tu dois garder ouvert. »

Le vieil homme bougea plusieurs fois les lèvres, de droite à gauche en haut en bas, il faisait ça comme s'il avait voulu les remettre en place après avoir trop parlé, et rentra dans sa case lentement, le dos courbé, assailli par l'âge ou les souvenirs. Les femmes du village ne tarderaient pas à venir le réveiller pour qu'il partage leur repas, le jour tombait déjà et les marmites fumaient sur des braises en soleil couchant.

Le lendemain les termitières tremblèrent. À presque treize ans, N'Dilo se mouvait comme un félin et lorsqu'il récupérait ses flèches, dans son regard l'éclat n'était pas celui d'un enfant fier mais bel et bien celui d'un chasseur. Recherchant l'efficacité. Comme si rien d'autre ne comptait que faire son devoir. Le faire vite. Le faire bien.

Le temps était venu de passer au vrai gibier. N'importe quelle gazelle ferait l'affaire, du moment qu'il pourrait la porter. Il se faufila dans la réserve que M. Carter avait commencé à clôturer : pas question de partager les bêtes et encore moins les pâturages avec les villageois. À moins qu'ils n'aient des milliers de dollars à dépenser... Combien payaient les Blancs pour tirer un éléphant ? N'Dilo n'était pas sûr, il avait entendu des chiffres mais ils étaient trop longs pour qu'il s'en souvienne. Ce dont il se souvenait bien en revanche, c'était de la venue de M. Carter au village, quelques mois auparavant. La veille un éléphant avait été tué par les chasseurs du village. Un jeune mâle, qui avait dévasté les récoltes. Une dizaine de sagaies dans le corps et il ne s'effondrait toujours pas, les hommes criaient, les femmes hurlaient et couraient, leurs enfants dans leurs bras. Puis le monstre gris avait vacillé et il s'était laissé tomber, à genoux, il était mort comme ça, sa tête s'était inclinée, elle était restée posée sur ses défenses, comme s'il faisait une sieste. Ou réfléchissait. Ou demandait pardon.

Il avait été découpé en un rien de temps. Des humains comme des mouches autour, montant sur ses flancs, lacérant par-ci, déchirant par-là. Une grande fête avait eu lieu au village. La queue avait été remise au sorcier. Et deux défenses trônaient depuis dans la case du chef.

Monsieur Carter était venu solliciter un entretien avec le chef du village, qui le reçut en dehors de sa case. Le Blanc expliqua en swahili que cet éléphant était le sien et que personne n'avait le droit de tuer une de ses bêtes. Il espérait que c'était la dernière fois. Le chef lui répondit que l'animal avait détruit des cultures. Le Blanc demanda :

« Si un de tes enfants faisait une bêtise, laisserais-tu quelqu'un d'autre le punir ?

— Non, tu as raison. Mais si cet éléphant est l'un de tes enfants, montre-moi la femme qui l'a engendré, que je voie à quoi elle ressemble. »

Tout le village se mit à rire, même M. Carter. Il n'était pas vraiment là pour chercher querelle, il n'en avait pas l'air en tout cas.

« Ne tue pas mes bêtes. C'est tout ce que je te demande.

— Mes villageois ont des bêtes, eux aussi. Des chèvres, des zébus. Elles sont toutes marquées, comme ça, on peut les reconnaître. Ton éléphant était-il marqué ?

— Non, il ne l'était pas, tu as raison. Oublions ça. »

Il s'apprêta à partir, mais se ravisa. Tout le monde comprit alors pourquoi il était venu. Ce n'était pas pour l'éléphant.

« Une dernière chose. Tu as tué l'éléphant qui avait détruit tes récoltes, c'est quelque chose que je comprends. Je crois savoir que des hommes viennent détruire mes bêtes, sur mes propres terres. Alors, que dois-je faire à ton avis, si je les vois faire ça ? »

Il y eut un long silence.

« Je pense que tu dois les amener à leur chef.

— Bien. Tu as raison. Mais comment saurai-je qui est leur chef ? Toi, marques-tu tes hommes ? Bon, je vais te dire ce que je vais faire. Et tu peux le dire aux autres chefs de village. Si je vois un braconnier sur mes terres, je ferai la même chose que toi avec l'éléphant.

— Tu n'as pas le droit de tuer un homme.

— Qui sait... Et puis, continua-t-il en souriant tranquillement, comment saurait-on si je l'ai tué ? Je ne vais pas mettre ses dents dans ma case... »

Quand Darren Carter fut parti, les discussions allèrent bon train. N'Dilo n'avait pas encore en tête de braconner, il ne savait même pas que des chasseurs noirs entraient dans la réserve de Carter. Mais il savait pertinemment que cet homme avait assez de manque d'âme pour mettre sa menace à exécution.

Alors qu'il entrait sur les terres de Carter, il se força à oublier tout ça et se concentra sur sa mission en serrant fort dans sa main la sangle de son carquois. Derrière lui, un coucou didric émit son chant strident, dii-dii-dii-diideriik. Comme un avertissement.

À l'affût, N'Dilo vérifia qu'aucun véhicule ne passait au loin, qu'il n'était près d'aucun campement, qu'il n'entendait aucune voix, qu'il était bien le seul dans cette partie-là. Il vérifia dans les arbres qu'aucune panthère ne paressait, dans les herbes qu'aucun guépard ne se promenait, dans les airs qu'aucun vautour ne tournoyait, pas envie de tomber sur un festin de lions ou sur une vieille carcasse qui attirerait hyènes et autres charognards. Mais d'odeurs de chair morte il n'en sentait pas. Pas besoin d'avoir un odorat surdéveloppé pour humer la pourriture. Et sous le soleil, tout pourrit vite.

Ce serait bientôt l'heure la plus chaude de la journée, les bêtes viendraient sûrement boire à la mare qui était presque à sec, aussi N'Dilo se posta-t-il derrière un arbre, arc et flèche en main, et attendit qu'il fût midi.

Il repéra sa cible, un springbok mâle qui s'abreuvait à l'écart des siens. L'enfant banda son arc, visa, tira. Quand il vit l'antilope sursauter et bondir, il se dit qu'il l'avait manquée. Mais quelques mètres plus loin elle s'immobilisa pour s'effondrer, une flèche dans son ventre blanc. Dans la poitrine de N'Dilo son cœur jouait du tam-tam.

Les autres animaux avaient déjà détalé avant même que l'enfant se décide à approcher. La mare était silencieuse, le springbok le regarda arriver, et avec son larmier noir on aurait vraiment dit qu'il pleurait, car il n'était pas mort, pas encore. N'Dilo ne pensa pas à lui rompre le cou. Il se saisit d'une pierre et de toutes ses forces, à plusieurs reprises, il lui défonça le crâne. Quarante kilos de viande à porter, et quarante kilos de viande à vendre, moins les cornes et les sabots. Il glissa une corde sous la poitrine du springbok puis l'enroula autour des cornes et se la noua autour des épaules. Au bout d'une heure, exténué, tremblant, il se rendit compte qu'il ne pourrait jamais traîner la bête jusqu'en ville. Il s'assit près de la carcasse, essoufflé, en nage, il s'adossa contre les flancs encore chauds de l'antilope, épuisé, assoiffé, et resta là jusqu'à ce qu'il ait repris des forces. Alors il se leva, récupéra sa corde et laissa l'animal aux charognards ou à quiconque voudrait bien en profiter. Il se faufila dans les fourrés en pensant déjà à la façon de convaincre Amin de le seconder. Amin, pas Mmanbou, Mmanbou était trop freluquet, et trop peureux. Oui, Amin, c'est lui qu'il lui fallait. Le problème était qu'Amin aimait bien l'école, lui. Et qu'il désirait devenir professeur.

L'image au mur se figea sur l'enfant courant dans la brousse.

Juma se leva et s'approcha de N'Dilo.

« Alors, tu l'as convaincu ?

— Hein ?

— Amin ? Tu l'as convaincu ? »

Quand N'Dilo répondit oui, il passa dans son regard à la fois de la fierté et des regrets.

« Oui, je l'ai convaincu. Nous formions une belle équipe tous les deux. Sans doute les plus jeunes braconniers d'Afrique. J'étais le chasseur et Amin la paire d'yeux en plus pour assurer nos arrières, sans parler des muscles. À dix-huit ans, on vendait du bubale et de l'oryx, des bestioles de cent vingt kilos et plus, on braconnait toujours dans le même coin, une partie assez inaccessible où Darren Carter et ses clients ne venaient jamais, et où les gardes passaient rarement. Oh, ils patrouillaient, oui, mais on était bien trop malins pour eux. On avait même construit une charrette pour porter les plus grosses carcasses, c'est dire si on était peinards. Et la réserve était si grande, un vrai pays.

— Alors tu as fait ça toute ta vie…, dit Juma.

— Faut croire que j'avais la chasse dans le sang.

— Un braconnier n'est pas un chasseur, c'est un voleur, rétorqua Harrison. Ce qui est dans son sang, c'est de prendre ce qui ne lui appartient pas.

— Ah, parce que vous ne nous avez pas pris nos terres, vous ? Toi, ton père et tes… semblables ? Non, vous les Blancs, vous n'êtes jamais venus pour prendre ce qui ne vous appartenait pas, jamais, c'est bien ça ? Vous n'êtes pas venus exploiter les mines ? Vous n'êtes pas venus nous faire déguerpir de nos villages quand il s'agissait de créer des "réserves d'animaux" ? Réserves à fric, oui ! Vous n'êtes pas venus nous interdire de chasser alors que vous le faisiez ? Vous n'êtes pas venus placer à la tête de l'État des gars avec qui vous alliez pouvoir continuer de faire affaire ? La fin de la colonisation, tiens, la "fin" de la colonisation, parlons-en. Et aussi, bien sûr, vous n'êtes pas venus prendre des femmes qui ne vous appartenaient pas, les violer…

— Je t'ai déjà dit que sur ce point, je ne…

— Je n'ai pas fini, alors tu la fermes, Harrison. Mais vous, quand vous prenez ce qui ne vous appartient pas, personne ne vous punit. Moi, on me fout en prison pour de maudites antilopes. Ça vous paraît normal ? Hein ? Elles ne sont même pas à vous, les antilopes. Vous les nourrissez ? Non. Vous les mettez dans des enclos pour les protéger des prédateurs ? Non. Mais vous avez décrété qu'elles étaient vôtres, et que vous seuls auriez le droit de les chasser. Pour un paquet de pognon.

— Tu as été en prison ? l'interrompit Juma.

— Ouais, j'y suis allé, demande à Harrison.

— Quoi ?

— Ne joue pas à ça. Décembre 1970. Quand tu es revenu, à la mort de ton père.

— Eh bien quoi ?

— Eh bien tu aurais pu faire quelque chose. En souvenir du bon vieux temps. M'accorder une seconde chance. Me sortir de là. M'embaucher comme pisteur, tu savais que j'étais le meilleur à suivre les animaux à la trace. Ma vie aurait peut-être été différente si t'avais levé le petit doigt.

— Mais je ne savais même pas que tu avais été arrêté !

— J'ai donné mon nom aux gardes qui m'ont attrapé dans la réserve, je leur ai donné mon nom, "N'Dilo Ubuntu, dites ça à Harrison Carter." J'ai donné mon nom.

— Ils ne m'ont rien dit. Je ne savais même pas que des braconniers avaient été pris. J'avais pas mal de choses à faire, organiser les funérailles, décider si je vendais ou si je reprenais la réserve, je n'étais pas préparé à tout ça… Les gardes ne m'ont rien dit. Je te l'assure. »

N'Dilo serra les mâchoires et baissa la tête.

« Ouais, ben, ce passage en prison, c'était pas une partie de plaisir, crois-moi.

— C'est quoi, la prison ? »

Pearl s'était approchée, elle chatouillait avec sa trompe les cheveux de Juma, et elle répéta :

« Alors, c'est quoi ?

— Tu veux savoir ?

— J'aime bien savoir.

— Eh bien je vais te dire ce que c'est. On te met dans une pièce, avec une quarantaine d'hommes dedans, épuisés et suants. Y a pas d'autre air à respirer que le fumet infect des autres détenus agglutinés sur un sol mouvant de blattes, cloportes parmi les cloportes. Ça pue là-dedans comme dans une carcasse d'hippo, un satané mélange de chair et de sueur et d'urine et de merde aussi, et la nuit tu étouffes, et la nuit tu pleures, coincé dans un coin de la pièce entre un type qui a tué trois gus un soir de beuverie et un autre qui meurt doucement de la malaria. Faut pas aller en prison à vingt ans, surtout pas dans celle-là, t'es pas prêt. La pire du pays qu'ils disent, ils te sortent ça avec des postillons de fierté, ceux qui y ont passé plusieurs années et qui vont sans doute y crever. Et entre les pets, les ronflements et les cris, tu tentes de t'endormir, pas pour rêver non, car tous tes putains de songes finissent en cauchemars, mais juste pour te préparer, te préparer à une autre de ces satanées journées, car il faut bien survivre. Et les moustiques te pompent le sang vingt-quatre heures sur vingt-quatre, et t'as des croûtes sur tout le corps à force de te gratter, comme un chien galeux qu'aurait plus une touffe de poils. Un chien. Avec un numéro qui ne sert à rien. À l'aube tu te réveilles comme si jamais tu n'avais dormi, et il faut encore que tu redresses la tête et que tu marches dans les couloirs comme si tu les aimais, comme si c'était ton monde et que tu l'avais choisi. Ça, je l'ai vite compris : tout est affaire d'attitude. Baisse la tête et ta vie devient un enfer. Les premiers jours, tout le monde a la chiasse, c'est ton corps qui te dit que ça va mal, et les toilettes c'est juste des trous derrière des portes qui n'en sont pas, et parfois on te fixe pendant que tu te vides, mais t'as pas vraiment le choix. Parfois aussi des gars remettent leur futal bien trop vite et s'éclipsent comme des mangoustes qui retournent au terrier, et toi tu es accroupi, et la seule chose à laquelle tu penses, c'est quoi faire quand tu auras redressé la tête. Car les types qui sont devant toi ne sont pas là pour discuter le bout de gras. » N'Dilo baissa la tête. « Y a vraiment nulle part où se cacher, là-bas. »

Quand N'Dilo était en prison

1970

Cela faisait à peine trois jours qu'il était enfermé et, ce soir-là, dans les toilettes, il avait bien cru qu'il n'en ferait pas un de plus.

Ils étaient trois, un molosse et deux sbires derrière qui crachaient par terre. Le grand type le matait, campé sur ses jambes arquées, avec un sourire de hyène. N'Dilo resta accroupi, il avait l'impression que son cœur battait même dans ses bras, impossible qu'ils ne l'entendent pas, un foutu tam-tam, voilà ce que c'était, alors il inspira bien fort et serra les mâchoires, il se releva, remonta son pantalon et se pencha vers le trou pour saisir deux pleines poignées d'étrons sans même penser à vomir.

« Je ne sais pas ce que tu me veux, mais je te garantis que si tu l'obtiens, t'as plutôt intérêt à aimer les odeurs fortes, car il te faudra des mois pour oublier que t'étais couvert de merde. »

N'Dilo avança vers les trois types de la façon la plus nonchalante qu'il put tout en se concentrant pour calmer le tremblement de ses jambes, ses mains dégoulinaient mais oui, il se sentait prêt.

D'un rapide geste de la main, le grand type intima aux deux autres de s'écarter. C'était incroyable : il souriait. Ce type souriait.

« Pardonne-moi si je ne te serre pas la paluche. »

N'Dilo sortit des gogues, lâcha ce qu'il avait en main, traversa la cour jusqu'aux trois citernes et se lava comme si sa vie en dépendait.

Un mois plus tard il faillit crever d'une septicémie : il avait une blessure à la paume, infime, mais bel et bien là. M'Banko D-Day fit le nécessaire pour qu'il soit traité. Car ce jour-là, sans le savoir, N'Dilo s'était fait un allié. À qui il ne pourrait qu'être redevable.

M'Banko D-Day ne dormait pas dans des cellules communes, il avait sa pièce à lui, avec un hamac que tout le monde lui enviait tout en se demandant comment diable les attaches au mur pouvaient supporter son poids, car l'homme était une montagne, des muscles à n'en plus finir et sans doute assez de pouvoir pour que tout pèse encore plus lourd. Il avait fait mander N'Dilo le lendemain de leur mémorable rencontre dans les chiottes. Amin lui avait dit :

« N'y va pas.

— Ça va bien se passer. Crois-moi. »

M'Banko D-Day était en train de faire des pompes, il faisait ça sans même ahaner, comme si c'était aussi aisé que pour un springbok de sauter.

« Ça passe le temps. Et du temps, j'en ai. T'en as pris pour combien ?

— Pas très longtemps.

— T'es là pour quoi ? »

N'Dilo était coincé. Il aurait bien voulu mentir et prétendre être quelqu'un d'autre, un dur, mais on ne peut pas être un meurtrier et s'en tirer avec quelques mois.

« Pas grand-chose, répondit-il.

— Alors ça n'en vaut pas la peine, dit M'Banko D-Day. Raconte-moi quand même. Comme je te disais, j'ai tout mon temps. »

Il s'étira en rugissant et s'assit sur son banc, les pores dilatés et la sueur en diamants.

« Je braconnais. De la viande de brousse. »

M'Banko bâilla, un bâillement de fauve repu, avant de faire craquer son cou.

« Tu braconnais, hein ? Et ça rapportait ?

— Pas tant que ça. Assez je suppose. Assez pour continuer.

— Assez ?

— Oui, assez.

— Ce n'est pas suffisant.

— Si tu le dis. »

Des cris retentirent au-dehors. M'Banko haussa les épaules.

« C'est John. Tu connais John ?

— Y a qu'un seul Blanc ici.

— Trois fois par semaine ils le fouettent jusqu'à ce qu'il s'évanouisse. Ils croient qu'il a tué un type, dans une boîte de nuit de la capitale. Un fils de ministre.

— Ils croient ?

— Ouais. Je vois pas comment un homme peut se faire fouetter depuis huit mois sans avouer. Son dos, c'est de la bouillie, même les mouches trouvent que c'est trop laid. Ce gars-là est innocent, dit M'Banko nonchalamment.

— Qu'est-ce qu'il fout là, alors ? »

L'homme jeta à N'Dilo un regard étonné.

« C'est politique. Quelqu'un veut faire un arrangement. De gouvernement à gouvernement. Son ambassade finira bien par le sortir de là. S'il est toujours en vie.

— Combien de temps il peut tenir ?

— On ne sait jamais avec les Blancs. »

N'Dilo s'accommodait tant bien que mal de la situation, et depuis qu'il était dans les petits papiers de M'Banko, la pire chose qui pouvait lui arriver était la malaria, c'est ce qu'il pensait en écrasant cinq moustiques d'un coup. Il les mettait sur le sol près de lui, jusqu'à ce que ça fasse un tas, un peu de sang et beaucoup d'ailes écrasées, un minuscule charnier. Puis il soufflait sur tout ça.

Oui, N'Dilo se disait qu'il survivrait, qu'il n'en avait que pour cinq mois, que ça passerait presque vite. Amin ne pensait pas ça, Amin crevait doucement.

« Perds pas ton temps à rêver du dehors, c'est pas bon », lui disait sans cesse N'Dilo, car un jour M'Banko s'était assis nonchalamment sur son hamac, les deux pieds en enclumes bien fichés au sol, s'était curé le nez et, tout en malaxant la boulette, lui avait dit :

« Écoute-moi bien, N'Dilo Ubuntu. Que tu sois là pour un mois ou pour dix ans c'est pareil. Les fantasmes et les regrets, c'est bon pour les lâches. Dis-toi que c'est un temps qui t'est offert pour préparer ton grand retour.

— Le jour où je sortirai ?

— Ce n'est pas le jour qui compte. Ce qui compte, c'est QUI sortira. »

N'Dilo s'était approché de l'ouverture dans le mur effrité pour regarder dans la cour quelques prisonniers errer hagards sous le cagnard, d'autres les mains agrippées au grillage pâle, et les gardes dans leur tour de tôle, avec leurs Enfield prêts à faire feu. Au loin il n'y avait rien, rien qu'une savane semi-aride parsemée de roches volcaniques comme des bubons noirs sur une peau brunie et qui gratteraient éternellement.

M'Banko D-Day avait poursuivi en portant un cigarillo à ses lèvres qu'un de ses sbires lui alluma : « Imagine une chèvre, qui se fait attraper par un léopard. Elle est traînée dans les buissons. Mais le gros chat n'est pas d'humeur à la manger tout de suite, il la garde sous la patte, tranquillement. À un moment, la chèvre gigote et parvient à se faire la malle. Elle se dit qu'elle a eu bien de la chance, c'est ce qu'elle se dit en grignotant deux trois touffes d'herbe, "J'ai eu de la chance." Ben nous, on est comme la chèvre, sauf qu'on est plus malins. Si on échappe au léopard, on se dit aussi que plus jamais un foutu léopard ne nous reprendra, et même qu'un jour peut-être, c'est nous qui boufferons le léopard. Tu me suis ? Y a que les cons qui retournent en prison. Ou ceux qui ont quelque chose à y faire... »

M'Banko avait tiré d'un air inspiré sur son cigarillo qui s'était mis à saigner en volutes fauves. Fermant ses yeux globuleux, il écoutait ses deux sbires batailler pour savoir quel animal ils seraient prêts à baiser pour que deux putes arrivent dans la cellule dans l'instant.

« C'est une question à la con. Y a pas moyen que deux putes se pointent, là, tout de suite.

— Ouais, mais si on te disait "Mec, y a deux putains qui vont venir, et tu pourras leur faire ce que tu veux, elles auront des culs comme ça et les nibards, j'en parle même pas, le genre de truc à sauter dans tous les sens quand tu les pilonnes, tu vois", et qu'on te disait aussi "mais en échange, choisis un animal et baise-le". Lequel tu prendrais ? C'est simple comme question.

— Tu deviens dingue, mec.

— C'est juste en théorie.

— Théorie mon cul, tu veux que je baise une bestiole, oui.

— Contre deux filles qui vont s'occuper de toi toute la journée...

— Y a même pas d'animaux dans cette taule.

— On s'en fout. Lequel tu choisis ?

— D'accord, mais je veux qu'une des filles soit unijambiste.

— T'es un vrai malade !

— C'est qui qui veut me faire baiser une bête, hein ? C'est qui le malade entre nous deux ? Je me suis jamais tapé une unijambiste, ça doit faire un peu comme bouffer du poulet à six pattes, tu t'en souviens toute ta vie.

— OK, va pour l'unijambiste, mais choisis ton animal bon sang ! »

M'Banko avait sifflé. Les deux gars s'étaient précipités vers lui, et il leur avait calmement dit en écrasant son cigarillo :

« Je crois qu'il y a deux gonzesses impatientes dans le couloir. »

Les deux types avaient tourné la tête en même temps et M'Banko avait souri puis levé les yeux au plafond.

« Tu vois N'Dilo, les rêves, ça rend con. »

Il s'était allongé dans son hamac.

« Repasse me voir demain, on parlera réalité. »

« Amin… ? Amin, réveille-toi…

— Quoi ?

— Viens avec moi demain, je te présenterai à M'Banko.

— Non.

— Quoi, non ? Tu sais qui est ce type ?

— Justement. C'est NON. Je fais mon temps, je reste tranquille, et quand je sors je travaille comme tout le monde, peut-être avec mon oncle qui a un garage en ville…

— Tu n'y connais rien en mécanique. »

Amin fixa N'Dilo de ses yeux fiévreux, ça brillait comme des chandelles prêtes à s'éteindre, et il murmura à son ami : « Si la fièvre ne m'emporte pas, quand je sortirai, je ne veux plus jamais avoir affaire à toi. » Il ferma les yeux.

N'Dilo regarda un instant son copain s'assoupir, affalé par terre, le dos au mur, la tête baissée. « Je vais te chercher de l'eau. »

Les cris du Blanc qui se faisait fouetter retentissaient dans les couloirs, un appel sans fin à la folie.

« Tiens, mange. »

M'Banko D-Day tendit une gamelle à N'Dilo.

« C'est quoi ?

— Du koudou.

— Du koudou ? T'as trouvé ça où ? Y a pas de viande ici.

— Pas pour des gars comme vous, mais comme tu l'as compris, je ne suis pas un gars comme les autres.

— Du koudou… Ben ça.

— Hé, hé… Étrange, hein ? On met des bracos comme toi en taule et moi je bouffe de la viande de brousse. Et crois-moi, aujourd'hui ils s'en foutent plein la panse aussi, les gardes, pareil pour tous ceux au-dessus.

— Ils se fournissent auprès des braconniers… Ben ça. »

N'Dilo n'en revenait pas.

« Crois-tu que je sois du genre à bouffer de la merde tous les jours ? » ajouta M'Banko en découpant sa viande avec son couteau, tandis que N'Dilo la gloutonnait avec les doigts, à grandes bouchées, sans presque mâcher. Comme une hyène faiblarde bien contente d'avoir les restes de la femelle alpha. Et à présent qu'il mangeait, il se rendait compte qu'il avait eu faim tout le temps.

M'Banko rota et jeta la gamelle vide aux pieds d'un de ses sbires, qui la ramassa prestement avant de disparaître dans le couloir.

« Mais vois-tu, reprit M'Banko, les antilopes, c'est bon pour bouffer, mais pas pour les affaires.

— Je connais un type qui s'était fait pas mal de blé en livrant les ouvriers du chemin de fer y a un paquet d'années…

— Autres temps, autres mœurs. La viande de brousse, c'est bon pour les gagne-petit. Ce qui marche, c'est l'or blanc.

— L'or blanc ?

— L'ivoire. T'as été pris dans la réserve de Carter, je me trompe ?

— Non.

— À ton avis, y a combien d'éléphants là-bas ?

— La réserve est grande…

— Donne un chiffre.

— Je dirais dans les cinq cents…

— Peut-être plus ?

— Peut-être.

— Disons que ça fait environ quatre cents éléphants adultes. Tu connais le prix de vente de l'ivoire cette année, N'Dilo ? 30 dollars. Une défense peut peser dans les soixante kilos mais seulement pour les vieux mâles, donc disons que ça fait une moyenne de quinze kilos par défense, donc un éléphant rapporte dans les 900 dollars. Il y en a quatre cents… tu es bon en calcul, N'Dilo Ubuntu ?

— Ouais. M'enfin ça rapporte ça à des gars comme toi. Comme tu le disais, y a une sacrée différence entre toi et moi.

— Hé, hé, t'es malin. Mais même moi je ne me fais pas tout ce fric, je ne suis qu'un intermédiaire.

— D'accord, mais si je te suis bien, moi je serai tout en bas de l'échelle.

— Une échelle ça se grimpe, non ?

— Ouais, et ça mène tout droit ici.

— Il suffit de bien s'entourer. Quand tu sortiras, je te donnerai un nom. Tu iras voir un type de ma part. Il te trouvera du boulot. Et puis c'est comme tout, moins il y aura d'éléphants, plus le prix de l'ivoire s'envolera. C'est la magie de l'offre et de la demande : plus on en tue, plus on s'assure un futur florissant. Dis-moi, N'Dilo, la réserve, tu la connais comme ta poche, non ?

— J'y ai grandi, pour ainsi dire.

— Bien. Laisse-moi dormir maintenant. »

N'Dilo s'apprêtait à partir quand M'Banko le retint par le poignet, sa main en étau, et sans ouvrir les yeux, vautré dans son hamac, il lui dit : « Tu sais ce jour-là dans les latrines. J'attendais juste que tu aies terminé. »

Et M'Banko partit d'un grand éclat de rire profond comme une toux.

Ce n'était pas la première fois qu'un détenu tentait de se faire la belle, même si c'était rare car il n'y avait nulle part où se cacher, et nulle part où aller, à moins de se transformer en scorpion. Mais de temps à autre un homme craquait : trop de vice, trop de brutalité, trop de saleté, parfois on encaisse, et puis un jour ça fait trop.

Ce type-là était de la ville, un jeune brigand de bas étage qui cambriolait les belles villas dans le quartier résidentiel d'une cité champignon. Le propriétaire de la demeure était un exploitant minier, qui l'avait chopé la main dans le sac et l'avait assommé d'un seul coup de poing sur la tête.

« J'étais allé chez le coiffeur, dommage. J'aurais eu plus de cheveux, ça aurait amorti le choc. Ce gars-là avait la force d'un gorille, je le jure. Même si je ne me suis jamais fait tabasser par un gorille. »

Baadi, c'était son nom, était un chouette gus qui ne pouvait pas parler sans sourire, sa bouche était fichue de telle sorte que même lorsqu'il dormait on aurait dit qu'il se marrait. Personne dans la prison n'aurait osé le toucher, un sourire comme ça, ça tenait du sorcier : ce gars-là, on le respectait avec crainte. Il traînait sa carcasse un peu partout, grand dégingandé, parlait avec les uns, trafiquait avec les autres, et parfois s'asseyait auprès du seul Blanc de la prison, celui qui se faisait fouetter, pour écouter son dos saigner.

« Tu tiens le coup, John ?

— Je ne sais pas trop. »

Le Blanc aussi on le laissait tranquille, vu que presque chaque matin il avait sa dose et que les gardes le traînaient dans le couloir pour le jeter sur le sol, là où il n'avait même pas la force de se recroqueviller. Et quand il se réveillait, il répétait la même chose :

« Ils peuvent bien me faire ce qu'ils veulent, le fils du ministre, je ne l'ai même pas vu. J'vais pas en boîte de nuit pour tuer des huiles, j'aime seulement danser. Et voir les filles. Danser, que c'est bon de danser, on ne danse pas assez ici. On ne voit pas non plus beaucoup de filles.

— Ça va aller, lui disait simplement Baadi. Tu sortiras de là. »

Le jour où Baadi s'approcha du grillage dans la cour, personne n'y prêta attention, même pas le Blanc.

Baadi, tout en souriant, entreprit nonchalamment d'escalader le grillage, comme ça, gentiment, en prenant son temps. Il n'y avait qu'un garde dans la tour qui lui hurla de descendre et arma son Enfield. Baadi continua sa montée. De temps en temps il tournait la tête et regardait les autres détenus amassés dans la cour, ahuris.

« Il va se faire dégommer et regarde, il sourit. »

Certains tenaient des paris :

« Il le fera pas.

— Si, il le fera. Cinq billets qu'il le fait. C'est un sorcier, c'est sûr.

— Tenu. »

Le garde tira une première fois, et Baadi continua son ascension, il était presque en haut quand le garde tira une seconde fois.

Baadi enjamba le haut du grillage, le soleil était au zénith. « C'est bête, y a qu'un mirador, il suffisait d'attendre un peu que la boule de feu soit plus à l'ouest et le garde aurait été aveuglé, merde. »

Baadi s'apprêtait à passer sa deuxième jambe par-dessus le grillage en prenant bien soin de ne pas se blesser, comme s'il avait eu moins peur des balles que des barbelés.

« Dix billets qu'il le fait. »

Baadi était presque de l'autre côté quand le garde tira une troisième fois. Il resta un moment accroché au grillage comme un bébé singe au ventre de sa mère et dégringola. Quand les détenus se précipitèrent vers le grillage, ils s'agglutinèrent pour voir Baadi sourire une dernière fois.

« Tu me dois dix billets.

— Pas question.

— T'as parié qu'il le ferait, trouduc.

— Ben pour moi, il l'a fait. Il est de l'autre côté, non ? Donc c'est toi qui me dois du fric.

— Le "faire", ça veut dire être vivant.

— Peut-être, mais moi j'ai jamais dit ça. »

Et l'évasion de Baadi se termina en baston.

Quelques jours plus tard, une après-midi, N'Dilo s'approcha du Blanc.

« Ils te laissent tranquille aujourd'hui ?

— Je sais pas ce qui est pire, le fouet ou l'attente. Ils peuvent décider de se faire les muscles à tout moment.

— Désolé.

— Pourquoi ? Je vois pas de fouet dans tes mains.

— Tu devrais parler à M'Banko, il peut t'aider.

— M'Banko ne peut rien faire pour moi. Je devrais faire comme Baadi. J'y pense des fois.

— Ouais. C'était pas un sorcier finalement.

— Tu sais ce qu'il m'a dit deux jours avant ? "Je vais grimper sur ce foutu grillage. Ils ont dix cartouches dans le magasin, mais ils doivent recharger à chaque fois. Ça me laisse pas mal de chances, même s'ils tirent comme des pieds." Baadi ne voulait pas s'échapper, ou peut-être bien, mais je crois qu'il s'en fichait.

— Pourtant tu viens de dire que…

— Si je voulais partir, je dirais "ça me laisse pas mal de chances, *surtout* qu'ils tirent comme des pieds". Je dirais pas "*même* s'ils tirent comme des pieds". Tu vois la différence ? Baadi n'allait pas bien, ça se voyait pas à cause de son foutu sourire mais y avait qu'à regarder ses yeux. Douze ans pour un cambriolage. Enfin, pour quelques-uns. Selon moi, Baadi s'est suicidé.

— Les Noirs ne se suicident pas, dit N'Dilo.

— Comme tu veux.

— Ouais. Bonne chance. »

Le Blanc esquissa un maigre sourire.

« Tu pars quand ?

— Demain.

— Ton pote aussi ?

— Oui.

— C'est bien. »

À 16 heures M'Banko D-Day donnait un contact à N'Dilo : « Tu le trouveras dans le quartier 6 », et il ajouta : « À bientôt. »

À 17 heures Amin se faisait défoncer le crâne à coups de pierres. Dans la cour. Pour avoir mal répondu à une brute.

Quand N'Dilo le serra dans ses bras en hurlant puis en pleurant, il pensa à la première antilope qu'il avait braconnée, il se souvint du bruit des os qui craquent comme des troncs éclatés par un éclair, et il resta longtemps à genoux en embrassant le sang qui coulait de la tempe de son ami. Les gardes qui arrivaient le laissèrent faire. Son visage, quand il le tourna vers eux, était maculé de rouge et de haine.

Quand il sortit le lendemain, il pensa à ce que lui avait dit un jour M'Banko D-Day : « Chacun a sa place à trouver. Tu en as une, ton copain Amin en a une, j'en ai une. Ce dont je suis sûr, c'est que ta place n'est pas derrière un impala. »

Ce matin-là N'Dilo se demanda pour quelle raison la foutue place d'Amin se trouvait sur la terre sèche d'une cour de prison, le crâne en bouillie.

Il monta dans le camion qui livrait la prison tous les six jours et repartait au nord, le chauffeur ne lui adressa pas la parole. Il contempla les roches noires et la terre rouge et peu à peu le paysage changea, la nature redevenait nature et les herbes remplaçaient les pierres. Quand il sortit du camion, il écrasa une cohorte de fourmis qui passaient, actives et frénétiques, transportant des brins d'herbe et des morceaux de feuilles vers leur fourmilière, il les écrasa toutes, jusqu'à la dernière.

Les images au mur se figèrent sur le pied en furie de N'Dilo martelant le sol.

Tous se taisaient. Ce fut lui qui mit fin au silence. Sa voix tremblait : « Bref, y a des fois où on aimerait mieux ne pas être né. »

Pearl s'approcha. « Faut pas dire ça, c'est toujours chouette de naître. Moi je suis née dans la réserve, dit-elle fièrement. Il y a quarante-neuf saisons sèches. Je n'ai pas vu que des belles choses, et maintenant je suis morte, mais pourtant, je ne regrette rien. »

Juma réfléchit. « Alors... tu as le même âge qu'Harrison ? »

Pearl se tourna vers lui, posa sa trompe sur sa défense et répondit doucement : « On dirait. »

Quand Pearl a ouvert les yeux

17 octobre 1950

La saison sèche touchait à sa fin et dans la réserve les animaux étaient à bout de forces. Les éléphants mâchouillaient avec fatalisme quelques racines en guettant les arcs-en-ciel derrière les tornades de poussière, les étendards de la survie dans un ciel trop vide depuis des mois.

En file indienne ils se dirigèrent vers la petite saline au nord, long cordon de figures grises et faméliques dans les herbes jaunes, gigantesques fantômes de la plaine, les plus jeunes éléphanteaux traînant des pattes et la famille les poussant, les flattant de la trompe, les encourageant pour les derniers kilomètres, alors ils trottinaient mollement et puis ça recommençait.

La matriarche était pleine, elle était lasse et elle avait faim pour deux mais seulement à manger pour la moitié d'un. Heureusement depuis quelques jours elle se sentait arrivée à terme : ce serait soit pour cette nuit, soit pour demain.

À la saline le groupe épuisé s'éparpilla et chaque éléphant avec son large pied se mit à éventrer le sol, dégageant au fond de vastes tranchées une terre salvatrice riche en sels minéraux. La grande éléphante l'ingurgita sans conviction en fixant les montagnes, guettant les nuages. Quelques instants plus tard un impala dressa la tête, un springbok arrêta de mâcher, la matriarche leva bien haut la trompe : il n'y avait pas deux odeurs comme celle-ci. Tout allait enfin pouvoir recommencer, cette odeur-là c'était la pluie.

En fin d'après-midi des nuages d'un noir d'encre surgirent des collines pour se ruer à l'assaut du ciel dans une cavalcade enragée, arbres et bêtes perdirent soudain les ombres élancées qui les suivaient pas à pas comme des chiens affamés et loqueteux, et la réserve tout entière, prédateurs comme proies, oiseaux comme mammifères, vibra comme quand on sait qu'on ne mourra pas, pas de faim ou de soif en tout cas.

Puis ce fut le déluge. Des trombes d'eau. La renaissance. Les graines se gonflaient, les tendres pousses se frayaient déjà un chemin parmi les vers de terre, des crapauds-buffles se dégageaient, grotesques, de la vase dans laquelle ils s'étaient enterrés et c'est comme s'ils germaient du beau milieu des mares qui se reformaient. Les silures s'extrayaient des sédiments et repeuplaient les bras morts redevenus cours d'eau, et tandis que se détrempaient les poils ou le cuir des uns et les plumes ou les écailles des autres, la grande éléphante avait ses premières contractions.

À la tombée du jour son clan se resserra autour d'elle, la câlinant, l'accompagnant, faisant rempart lorsque son petit tomba au sol, forme lépidoptérienne gigotant tant bien que mal pour s'extraire de sa chrysalide placentaire. À l'aide de sa défense, la mère déchira doucement la membrane et, plaçant sa trompe sous le ventre de son petit encore tout gluant, elle l'aida à se relever mais il glissa et retomba aussitôt, alors elle refit le même geste, encore et encore, elle le bloqua avec son pied pour qu'il trouve un appui, elle le maintint debout en lui tenant la queue, elle le caressa pour lui donner du courage quand il était trop fatigué pour faire un nouvel essai et qu'il restait au sol, dans la boue, les pattes écartées, découragé. La tête dans la terre, je n'en peux plus, y a rien à faire. Elle se mit à genoux près de lui et resta là, sa grande joue à elle contre son petit crâne à lui, elle le laissa souffler mais bien vite elle dut de nouveau l'inciter à se relever car une harde de lions s'approchait, le clan les entendait.

Les éléphants s'agitaient, leurs glandes temporales suintaient dans un mélange d'émotion et d'inquiétude car ils avaient déjà perdu un petit comme ça, la nuit. Ce jour-là au matin ils avaient chassé les lions et les lionnes et aussi le lionceau qui s'était endormi, repu, dans la cage thoracique du bébé que les félins avaient fini la veille par séparer des siens. Sa mère avait humé, elle avait caressé, elle avait retourné le corps encore tout poilu de son nouveau-né comme si elle avait le pouvoir de le ramener à la vie ou qu'elle essayât de se convaincre que non, c'était fini. Il lui avait fallu deux jours pour réussir à abandonner son petit. Et cette mère était celle de Pearl. Alors Pearl devait se lever vite. « Très vite, lève-toi. Tète. Prends des forces. » Alors Pearl se leva. Elle se mit d'abord à genoux. Elle souffla, elle tangua, elle vacilla puis enfin elle fit quelques pas, elle trouva les mamelles pleines et téta comme si sa vie en dépendait. Et elle en dépendait.

Alors que sur le mur des images de la petite Pearl trottinant défilaient, Juma lui demanda :

« Et toi, combien as-tu eu d'éléphanteaux ?

— Voyons voir. J'ai eu mon premier petit à quinze ans. Il était d'un marron bleuté et couvert d'une toison rousse et ondulée. Je ne savais pas vraiment comment faire, je m'y suis très mal prise, dès qu'il a pu tenir sur ses pattes je voulais qu'il se mette à marcher, je ne le laissais pas téter, pauvre petite chose, j'étais paniquée. Ma mère tentait de me rassurer, elle nous câlinait, moi et le bébé, elle était inquiète, car pour survivre il faut téter. Et puis au matin du troisième jour, je ne sais pas, j'ai eu comme un déclic. Je mâchais de l'écorce d'acacia, mon petit était épuisé et affamé et il dormait dans l'herbe, alors je l'ai réveillé, tout doucement, de ma trompe je l'ai aidé à se lever et je l'ai maintenu debout car il tremblait trop sur ses pattes. Et quand il a été près de mes mamelles, cette fois je n'ai pas bougé. C'était un mâle. Un costaud. Après lui j'en ai eu sept autres. Cinq femelles et deux mâles. Et puis j'aurais eu celui-là si je n'étais pas morte.

— Le dernier était celui qui a été sorti du marais ?

— Rescued. On l'a appelé Rescued, se souvint Harrison. D'habitude on attend avant de les nommer qu'ils aient des marques distinctives, mais ce petit-là était particulier : il avait un œil clair, et un œil foncé.

— Nous on ne leur donne pas de nom, on leur donne des odeurs. Celui-ci sentait la pluie. Il était né un soir d'orage. Non, ce n'était pas mon dernier. Il y en eut un autre après lui.

— Tu avais un préféré ? »

Pearl se gratta la tempe avec sa trompe. « Je me souviens d'une petite femelle que j'ai eue quand j'avais vingt ans. Elle sentait le fruit de marula… Tous les éléphanteaux sont joueurs, mais elle, oh, elle ne s'arrêtait jamais… »

Sur le mur la savane apparut.

La famille de Pearl se régalait d'herbe grasse et humide dans une clairière, pas très loin d'un cours d'eau où trois mâles jacanas marchaient sur les nénuphars en portant leurs poussins sous leurs ailes, les petites pattes dépassant comme des trésors.

Près d'une termitière, deux éléphanteaux de trois ans avaient enroulé leur trompe et chacun tirait de son côté, en poussant de petits grognements, à l'ombre de la vieille matriarche occupée à taper contre ses tibias l'herbe qu'elle venait d'arracher pour en faire partir la terre.

La petite de Pearl s'approcha de sa mère et mit sa courte trompe dans la bouche maternelle, elle lui chipa un peu d'herbe, qu'elle goûta puis entreprit bravement de mâcher avant de secouer la tête et de se précipiter vers les mamelles en remuant la queue. Âgée de plus de six mois, son poil roux et frisé avait laissé place à des soies noires et dures, et elle était encore assez petite pour tenir entre les pattes de devant de sa maman, même si elle n'y restait jamais bien longtemps : tant de choses restaient à découvrir juste un peu plus loin. Et que je tâte ça de la trompe, et que je bouge ça du pied, et que je sens, et ressens, par tous les côtés. Et que je regarde deux bousiers se battre pour récupérer une boulette d'excréments volée. Et que je cours après une feuille, que je charge un ennemi imaginaire, oreilles déployées et barrissement improvisé.

Elle montait sur ses aînés allongés, elle glissait, puis recommençait son ascension, encore et encore, jusqu'à ce que lassés, frères ou sœurs se lèvent et s'éloignent. Alors la petite, interdite, suçait sa trompe comme on suce son pouce. La trompe comporte des milliers de muscles dont il faut bien apprendre à se servir, et la petite femelle n'en maîtrisait qu'à peine la moitié. Utiliser son appendice nasal pour boire était encore inimaginable, elle ne découvrirait ça que dans quatre ou cinq mois. Du reste, pourquoi boire de l'eau quand on peut téter ? Toutes les mamelles étaient bonnes pour la petite éléphante, même celles de sa sœur, qui la rabrouait gentiment mais régulièrement.

Tandis que Pearl ramassait de la trompe une brindille pour se gratter la patte, sa petite faisait sa première expérience des conflits territoriaux : agressée par un minuscule oiseau jaune qui monta au créneau et défendit son nid dans les fourrés en battant des ailes et en poussant des cris stridents, elle détala et vint se réfugier toute penaude sous le ventre de sa mère. Elle n'en sortit que pour trottiner, curieuse, vers une petite termitière qu'elle se fit un devoir de détruire consciencieusement. Une revanche de pachyderme.

Quand les estomacs furent bien remplis et que les acacias dont les éléphants arrachaient des lambeaux d'écorce eurent commencé à libérer leurs infects tanins, le groupe familial se mit en marche, l'éléphanteau de Pearl à ses côtés ou tenant la queue d'une de ses sœurs. Arrivés près de la rivière, ils durent partager le territoire avec un autre groupe de pachydermes, dont aucun membre n'était de leur famille. Bien que des trompes se soient levées en guise de salutations, très vite la situation devint inhabituelle car, sans prévenir, une grande femelle de l'autre famille chargea la matriarche, disloquant le groupe et éparpillant les éléphanteaux. La petite de Pearl se mit à courir, sa fine trompe en avant, apeurée par le mouvement, paniquée par les barrissements, cherchant sa mère. Elle fut vite encerclée par d'autres femelles inconnues sous les ventres desquelles elle se réfugia, le cœur battant. En quelques instants le chaos prit fin, les deux groupes se reformèrent, tout sembla revenir à la normale. Mais Pearl continuait à humer l'air, à grogner, à appeler, à tourner dans tous les sens, à barrir.

Elle avait compris qu'on lui avait volé son petit. Un kidnapping, ni plus ni moins. Alors elle partit au combat, suivie par ses tantes et ses sœurs, et fonça dans le tas, avec une seule crainte, celle que sa fille soit piétinée.

La bataille dura moins de deux minutes, et la petite éléphante fut récupérée saine et sauve. Tous les jeunes furent entourés et maintenus au centre du groupe, rassurés et caressés, jusqu'à ce que l'autre famille se soit éloignée, et encore longtemps après.

Pearl regardait les images avec attention, ses glandes temporales suintaient et de temps à autre elle touchait le mur pour caresser l'image de sa mère, de sa fille ou de ses sœurs aînées.

Harrison l'arracha à ses souvenirs.

« C'est un comportement que je ne connaissais pas chez les éléphants. J'avais eu vent de cette lionne, dans une réserve au sud, qui kidnappait de jeunes gnous, ou de jeunes antilopes. Elle ne les mangeait pas, non, elle ne leur faisait aucun mal, seulement elle les gardait pour elle. Elle se mettait à l'écart du clan, les protégeait comme elle pouvait, surtout des mâles, et elle passait son temps à les lécher, et elle jouait avec eux. Puis quand elle était fatiguée elle les faisait tomber, et une fois qu'ils étaient au sol elle se couchait auprès de leur petit corps, sa grosse patte dessus pour qu'ils ne s'en aillent pas. Bien sûr, les jeunes gazelles sans leur mère finissaient par mourir de faim. Les biologistes qui étudiaient la lionne ne l'ont jamais vue avec une portée. Ils en ont conclu qu'elle était stérile. Ça devait être le cas avec la femelle qui a tenté de voler ton éléphanteau.

— Pas du tout. Cette éléphante pouvait avoir autant de petits que n'importe quelle autre. Elle trouvait juste le mien joli. C'est vrai qu'il sentait si bon…

— Ça me surprend.

— Tu donnes aux miens trop de crédit, Harrison.

— Je confirme, dit N'Dilo. Les éléphants font parfois des trucs bien moches, n'en déplaise à Monsieur. Je vais vous raconter une histoire. Vous vous souvenez de la grande saison sèche de 67 ? Ouais, bon, toi Harrison, t'étais encore sur ton île où il pleut tout le temps, et toi Juma, t'étais même pas né, mais écoutez-moi : cette saison sèche, c'était quelque chose.

— Je m'en souviens, dit Pearl. Je m'en souviens très bien.

— Y avait plus d'eau nulle part, continua N'Dilo, les antilopes qu'on tirait avec Amin elles tenaient à peine sur leurs pattes. Dans les villages les puits étaient quasi secs, les bêtes mouraient par dizaines, les petits gardiens, hauts comme trois pommes, devaient porter dans leurs bras les veaux et les chevreaux pour trouver un endroit où il y ait un peu d'herbe jaune, en espérant que le cheptel tienne encore le coup quelques jours, oui quelques jours, car peut-être que la pluie arriverait avant qu'il n'y ait plus rien de vivant. Dans la réserve la plupart des mares étaient poussière, et la rivière, n'en parlons pas. Les animaux léchaient la boue, mâchouillaient la vase, les berges étaient flanquées de carcasses d'hippos en décomposition dont les charognards se disputaient les derniers morceaux. J'ai vu là une éléphante, très amaigrie, avec son p'tit, peut-être deux ans, pas un bébé mais pas vieux non plus, qui ne faisait pas le fier car les mamelles de sa mère devaient être vides et qu'il n'y avait pas grand-chose d'autre à glaner, mais vous savez comment sont les jeunes, toujours à vouloir faire une connerie. Je pense qu'elle avait laissé le reste de son groupe partir devant, parce qu'elle n'était plus assez en forme, c'est ce qu'on s'est dit avec Amin, parce que tous les autres éléphants étaient partis. Au nord sans doute. En fait on n'a jamais su comment elle s'était retrouvée toute seule. Bref, l'éléphante a commencé à creuser un trou pour chercher de l'eau, avec sa patte elle martelait le sol mais son p'tit était intenable, il se mettait devant elle et il faisait s'effondrer les bords du trou. Elle le repoussait avec sa trompe, mais le jeune insistait, sans doute qu'il pensait aider. Toujours est-il qu'il a fait ça une bonne dizaine de fois, et que la mère s'est fâchée. À grands coups de défenses elle l'a viré, et c'était pas beau à voir, le jeune en sang qui meuglait de douleur et qui est tombé sur le flanc. Puis la femelle a fini le trou, elle a réussi à aspirer un peu d'eau avec sa trompe et à se la mettre dans le gosier, mais pour le jeune éléphant, c'en était terminé. Elle n'a pas trop compris, et elle est restée auprès de lui en essayant de le relever avec sa trompe et ses pattes.

Elle ne voulait pas partir alors on l'a chassée. On a couru vers elle on a hurlé on a agité les bras, on savait bien qu'elle n'aurait pas la force de charger.

On a prélevé sur le p'tit autant de viande qu'on pouvait, mais on ne l'a pas vendue, on l'a ramenée au village et on l'a partagée.

— Mais l'éléphante n'avait pas l'intention de tuer son petit, si ? dit doucement Juma en caressant l'oreille de Pearl pour la calmer car elle était agitée.

— Je ne crois pas non, répondit N'Dilo.

— Cette saison sèche a changé bien des comportements... », dit Pearl.

Alors qu'au mur la savane herbeuse surgissait, qui n'était plus que poussière avec çà et là quelques touffes d'herbe morte et jaune, et des squelettes de bêtes un peu partout, une nouvelle phrase apparut en surimpression.

Quand on attendait la pluie

1967

Les pluies avaient deux mois de retard. Les animaux vivant au sud étaient les moins bien lotis. Les éléphants marchaient, pâles figurines couleur terre aux ombres étirées et distendues comme des prémices de cadavres.

La matriarche de la famille de Pearl avait soixante-cinq ans, elle avait survécu à deux terribles saisons sèches semblables à celle-ci et savait où chercher l'eau. Mais c'était à plusieurs jours de marche, or depuis l'avant-veille une de ses filles boitait, une sale blessure au pied qui était chaud et enflé et que la bête traînait avec peine. À l'arrêt, elle posait ses défenses au sol et reportait son poids sur elles, pour se soulager un instant.

La famille prenait du retard, les pauses étaient fréquentes, les mères grignotaient des racines qu'elles extrayaient du sol avec le pied ou les défenses, c'étaient des trompe-la-faim, et les petits tétaient ce qui restait de lait, mais il en restait si peu, alors ils s'allongeaient, sans même battre des oreilles pour éloigner les mouches de leurs yeux.

La femelle malade avait un éléphanteau d'à peine deux ans qui restait près d'elle et touchait et humait son pied, ça ne sentait pas bon, ça commençait à pourrir.

Comme les autres, Pearl attendait. Que quelque chose se passe, que sa sœur guérisse car elle allait guérir, bien sûr. Il n'y avait rien à faire d'autre qu'attendre, de temps à autre elle levait bien haut sa trompe mais l'odeur de pluie ne venait pas, juste un air sec, brûlant, navrant.

Au loin les babouins avaient changé leur régime alimentaire, ils se ruaient sur de petites antilopes trop faibles qu'ils dévoraient vivantes, et les gazelles hurlaient alors que les dents acérées des cynocéphales leur arrachaient les tripes.

Dans les fourrés un jeune léopard agonisait, qui s'était coincé la patte dans la fourche d'un arbre. Il avait cinq mois, et il était le dernier de sa fratrie. Les autres étaient morts, soit tués par des lions, soit tués par la faim. Sa mère le regardait, impuissante, tenter en vain de s'extraire de la souche, et quand il y parvint enfin, il était paralysé de l'arrière-train et il feulait en rampant vers elle.

Elle lécha son petit longuement tout en surveillant ses arrières car elle était à découvert, mais il n'y avait plus rien à faire, elle le savait. Il mourut pendant la nuit. Elle dévora son cadavre.

Ailleurs, certains hommes attendaient les éléphants. La rivière était à sec mais les éléphants, eux, savent toujours où creuser, ils sentent l'eau. La nuit quand ils viennent, ils percent la croûte sèche et dure, avec leur trompe ils creusent des trous et ils s'abreuvent. Au matin les hommes repèrent les puits et les creusent à leur tour. En échange, lorsque les membres de la tribu remontent de l'eau de leurs propres puits, ils en versent un peu dans des auges destinées aux animaux sauvages, en guise de remerciement. Alors oui, quelque part, des hommes espéraient voir venir des éléphants. Mais aux abords de la réserve, les villageois protégeaient ce qui leur restait de récoltes, et gare au pachyderme qui arriverait affamé.

La mort rôdait partout.

La veille un lion était entré dans une case et il était reparti avec son butin : une femme. C'était un vieux lion égaré qui n'avait plus assez de forces pour chasser le gnou ou l'antilope et traînait près des hommes, sur qui il comptait pour survivre. Un mangeur d'hommes qui s'attaquait aussi aux bêtes. Il laissait des traces partout, et sûr que bientôt les battues porteraient leurs fruits. Au pire, on empoisonnerait une carcasse.

Dans la réserve, Pearl alla voir sa sœur et caressa elle aussi son pied infecté, elle voulut entortiller sa trompe autour de celle de l'éléphante malade mais celle-ci était trop faible et refusa en clignant des yeux. Elle se laissa tomber au sol.

Tout le monde entendit le bruit d'un moteur, un petit avion survolait la plaine, son ombre frôla les pachydermes et continua, sombre forme protégeant un trop court instant les animaux sauvages de la morsure dévastatrice du soleil.

À l'ombre des baobabs des clans de lions sommeillaient. Bientôt il faudrait repartir chasser. Chaque tentative les vidait de leurs forces, les lionceaux avaient depuis longtemps perdu leur ventre rebondi et se levaient, faméliques, bâillaient, et se recouchaient auprès de leur mère en haletant.

Au petit matin l'éléphante malade ne voulut pas se lever. La puanteur était terrible, la gangrène déjà bien installée. La matriarche vint la forcer à se redresser, et que je te câline, et que je te pousse, en vain. Ses longs cils se refermaient sur ses yeux fatigués et son éléphanteau agenouillé tirait sur ses mamelles offertes mais vides.

La matriarche s'attarda longtemps auprès de sa fille, sans bouger, puis elle décida qu'il était temps d'avancer, que c'était nécessaire, pour le bien du reste de la famille. Elle lui caressa une dernière fois les yeux, la femelle les ouvrit, et remua sa trompe elle aussi. Puis le groupe se mit en route. S'arrêtant tous les cinquante mètres pour appeler le petit qui restait auprès de sa mère, comme si elle avait juste besoin d'un petit somme et qu'elle finirait par se réveiller.

Pearl revint sur ses pas et força l'éléphanteau à la suivre, il faisait quelques mètres avec elle mais très vite retournait en trottinant vers sa maman.

Sur le baobab voisin des vautours déjà s'installaient.

Jamais l'éléphanteau ne quitta sa mère. Il s'adossa contre elle, s'installa douillettement, posa sa tête contre son flanc, grogna, lui caressa les tempes de sa petite trompe.

Alors en file indienne, Pearl et le reste de la famille s'éloignèrent lentement vers le nord, la tête basse, le pied lourd.

Ils étaient déjà loin quand les charognards quittèrent leurs branches et qu'un clan de lions arriva pour faire ripaille. Ils n'entendirent pas l'éléphanteau hurler en se collant contre sa mère déjà morte comme s'il voulait rentrer en elle. Ils ne le virent pas se débattre et donner des coups de pied et gémir et s'entêter. Ils ne le virent pas lever vaillamment sa trompe et essayer de charger pour apeurer les carnassiers. Ils ne le virent pas mourir, mais tous ils le sentirent.

La poussière tournoyait et s'envolait en petites tornades comme si elle aussi voulait échapper à ce sol trop sec et crevassé. Çà et là des tas de chair étaient recouverts de vautours criant, sifflant et se disputant des lambeaux de viande qu'ils étiraient à l'infini et les plumes volaient et les ailes battaient et les longs cous étaient rouges et gluants. D'autres troupes d'éléphants marchaient elles aussi, tout droit devant, sans s'arrêter, car il n'y avait rien qui méritât de s'arrêter.

Les impalas grignotaient par-ci par-là de l'herbe sèche comme le lit de la rivière, et le blanc éclatant d'un gigantesque squelette de girafe reflétait le soleil comme un miroir absurde, tandis que des babouins en furie coursaient une jeune gazelle de Thomson. Un petit groupe d'oryx regardait la scène sans broncher. Pearl enviait les dik-dik et les oryx que la sécheresse faisait moins souffrir : eux n'avaient pas besoin de boire. Elle, il lui faudrait de l'eau, et vite, elle était à bout de forces, et son plus jeune éléphanteau n'avait plus depuis longtemps ses vingt litres de lait quotidiens. Elle le plaçait devant elle et lui poussait le derrière avec sa trompe en grognant pour l'encourager. Mais il était si petit, si maigre, si fatigué. Combien de temps tiendrait-il encore ?

Il ne survécut pas, pas jusqu'à la pluie en tout cas. Il s'effondra un jour, sous un acacia dont Pearl déchiquetait les derniers lambeaux d'écorce.

Le lendemain les éléphants atteignirent un point d'eau pas encore tari au pied d'une colline, où des phacochères se roulaient dans la boue et où des guépards lapaient timidement le liquide qui restait en se méfiant des lions qu'on entendait rugir au loin. Six jours plus tard le ciel se chargea de nuages noirs, obèses et boursouflés, les montagnes et les plaines devinrent ombre et nuit et tous les survivants sans exception dressèrent la tête, cœur battant et pattes tremblantes, immobiles statues décharnées priant pour le déluge. Et sur cette terre sèche et sur ce sol hostile, dans les collines ou dans les vallées, dans les villages ou les terriers, tous les corps décharnés, hommes et bêtes, au même instant, oublièrent qu'ils étaient proies, oublièrent qu'ils étaient prédateurs, et le temps s'arrêta.

Puis l'orage éclata.

Il éclata comme si tout cela n'avait été qu'un long et terrible préliminaire. Il éclata comme si tout le monde l'avait bien mérité. Il éclata comme s'il savait qu'il était en retard, mais qu'il voulait se faire pardonner. Il éclata en furie, en tonnerre et en trombes d'eau.

Les singes vervets dégoulinèrent des arbres et se mirent à courir et à sauter, les babouins se coursèrent et roulèrent ensemble, les springboks bondirent à nouveau, les lions se levèrent et promenèrent leur maigreur sous la pluie, les villageois dansèrent en hurlant de rire et en pleurant de joie, les éléphants adultes levèrent leur trompe le plus haut qu'ils purent, tandis que les plus petits se remettaient à trottiner et à tourner sur eux-mêmes comme lors d'une danse rituelle.

La terre absorbait la pluie goulûment et se tenait prête à germer à nouveau, tandis que les pierres des rivières n'attendaient que de retenir cette eau miraculeuse qui assurait la vie.

Seule Pearl restait apathique. Elle le resta longtemps, sa trompe pendait comme un bras malade et elle ne se nourrissait plus ou presque pas, elle refusait même les touffes d'herbe verte et grasse que ses sœurs lui tendaient parfois.

Quand la matriarche décida qu'il était temps de redescendre au sud, Pearl suivit le groupe d'un pas traînant. La famille reprit l'exacte même route. Sans en être vraiment conscients, les éléphants posaient leurs pieds dans leurs propres traces, sauf que l'herbe avait remplacé la poussière et que les acacias étaient gorgés de sève et de feuilles. La matriarche s'arrêta dans la clairière où elle avait laissé sa fille et son éléphanteau, tout le groupe s'agita, les glandes temporales commencèrent à suinter leurs larmes noires et les trompes épaisses se mirent à flairer le sol.

Parmi les hautes graminées des ossements se cachaient, qui furent pendant des heures humés et caressés et parfois déplacés, et Pearl se saisit même d'une vertèbre qu'elle porta pendant des kilomètres. Quand elle la posa enfin au sol, elle sentit dans ses veines un afflux de vie et se rendit compte qu'elle était affamée.

L'image à l'écran se figea sur Pearl qui se ruait vers le premier buisson venu pour se gaver de feuilles tendres et juteuses, et Juma dit d'une petite voix : « Moi aussi j'ai été triste quand Tireli est morte. »

Pearl battit des oreilles.

« Qui était Tireli ?

— Ma mangouste. Celle qu'Harrison m'avait offerte. »

Quand Juma apprivoisa Tireli

Octobre 1998

Harrison et Conrad lavaient la Land boueuse, à l'intérieur et à l'extérieur, à grands coups de détergent et de jets d'eau, ils nettoyaient le hayon dans les interstices desquels du foin restait accroché, ils mettaient à la poubelle les paquets de chips, les canettes de soda et de bière et les flasques de whisky qui jonchaient le tapis de sol à l'avant, car depuis la mort de sa femme Harrison aimait boire au volant, même si depuis l'arrivée de Juma un certain calme avait fini par remplacer sa tempête intérieure.

Ils vérifièrent le niveau d'huile du moteur, de la boîte de vitesses et des ponts, gonflèrent les pneus, et pour la énième fois Harrison pesta contre les constructeurs qui n'étaient pas foutus de faire un tableau de bord qui résistât à la chaleur.

« Marre de voir du plastique gondolé comme s'il avait la variole, merde, ne me dis pas qu'il n'y a aucun ingénieur ou foutu designer qui puisse avoir la bonne idée de créer des véhicules adaptés ! Une bande de bons à rien, voilà ce qu'ils sont chez Land Rover.

— T'as qu'à acheter des Jeep.

— Mais c'est pareil, nom de Dieu ! Tous des branquignols je te dis ! »

Conrad laissa son patron grommeler et rinça ses Rangers, de l'eau s'infiltra par une fissure dans le cuir et mouilla ses chaussettes brunes.

« On devrait construire un auvent.

— Quoi ?

— Je dis on devrait construire un auvent, une dizaine de piquets et un toit de tôle, pour y ranger les 4 × 4. Les gars pourraient faire ça en une journée.

— C'est une excellente idée, Conrad, surtout que le seul moment où les caisses sont immobiles, c'est la nuit. Tu veux leur éviter un coup de lune ? Sympa de ta part. »

C'était faux, les Land ne sortaient pas tous les jours, parfois même elles restaient une semaine sous le cagnard en attendant le réparateur, avec, mais pas tout le temps, un bout de tissu sur le tableau de bord pour seule protection, mais Conrad refusa d'argumenter et laissa Harrison continuer :

« Nan, la bonne idée ce serait d'amener ici toute cette bande d'incompétents, de les traîner par la peau du cul et de leur faire faire un foutu stage chez nous, qu'ils se rendent compte à quel point notre soleil est différent du leur. Là je te garantis qu'ils nous foutraient un matériau qui pourrait passer au four sans bouger d'un poil. Bon, allez, on va chercher les pelles et les sacs de ciment, et on file consolider le pont.

— Tu n'emmènes pas Juma aujourd'hui ?

— Nan. Il a des devoirs à faire.

— Des devoirs ?

— Ce gosse ne va plus à l'école, faut bien que quelqu'un prenne soin de ses neurones.

— Quel genre de devoirs ?

— Quoi, quel genre de devoirs ? Des devoirs, Conrad. Un peu de maths, un peu d'anglais, un peu de tout, des exercices quoi.

— Un exemple ?

— Tu veux un exemple ?

— Je veux un exemple.

— Bon. *Sachant qu'un éléphant adulte boit plus de 130 litres d'eau par jour, combien boira-t-il de litres d'eau en 6 jours ?*

— C'est toi qui inventes les exercices ?

— Cette nuit. J'ai fait ça cette nuit. Écoute celui-ci : *Un éléphanteau est amené à la clinique. Sachant qu'un petit éléphanteau boit environ 10 litres de lait par jour, et sachant qu'il faut 500 grammes de poudre pour faire 5 litres de lait, combien faut-il de poudre pour nourrir l'éléphanteau pendant 3 mois ?* Ce genre de chose… »

Harrison démarra la Land.

« Tu te souviens quand Pearl nous avait amené son bébé malade ?

— Damn oui. C'était pas banal.

— Ça non. Je crois que Pearl se souvenait que nous avions aidé son éléphanteau en 92, celui avec un œil plus clair que l'autre.

— Je ne vois que ça comme explication.

— Oui. Elle avait confiance en nous. »

Un éclat terne passa dans le regard de Conrad, qu'Harrison ne perçut pas, tout occupé qu'il était à se souvenir de ce matin-là.

Il n'était pas rare de voir des éléphants aux abords du lodge que Travis et Harrison occupaient, mais il était nettement moins fréquent d'en voir un juste à la barrière. Travis faisait ses exercices matinaux dans le jardin, « J'étais jeune et musclée quand tu m'as épousée, je ne vais pas devenir une vieille et grosse divorcée ! » rétorquait-elle à son mari quand il la taquinait.

Lorsqu'elle pénétra en trombe dans la cuisine, il crut qu'un malheur était arrivé et s'apprêta à la prendre dans ses bras mais elle le saisit vigoureusement par la main et l'entraîna de force dehors. « C'est Pearl, dit-elle. Et tiens-toi bien : je crois qu'elle nous amène son bébé. »

Personne n'en était revenu : ni Travis, ni Harrison, ni le Doc.

L'éléphanteau ne tétait plus, il était amaigri et il se laissa tomber au sol en respirant avec difficulté, petite forme brunâtre dont les flancs pas assez rebondis se soulevaient avec bruit.

Harrison et Travis regardèrent Pearl qui les fixait calmement, les oreilles sages, et le reste de la famille bien plus loin, puis ils enjambèrent la barrière et s'approchèrent de la petite masse. Travis s'accroupit, les râles étaient profonds.

« J'appelle Craig », dit Harrison en se dirigeant vers la maison.

« Une sale infection respiratoire, un genre de pneumonie, je pense, dit le Doc en sortant deux seringues et en préparant des injections. Tu es bien sûr qu'elle va me laisser faire ?

— Je ne crois pas qu'elle nous ait amené son éléphanteau pour maintenant nous charger, regarde-la. »

Pearl se tenait quelques mètres plus loin. Faisant osciller sa trompe levée, elle captait des odeurs, puis elle reculait de quelques mètres et avançait de nouveau pour se figer au même endroit : elle attendait.

« Je te prépare des seringues pour les huit prochains jours, tu as vu comment je faisais, pas bien compliqué, hein ?

— En espérant qu'elle ne reparte pas avec l'éléphanteau, s'inquiéta Travis.

— Il ne va pas pouvoir aller bien loin. Je ne suis même pas sûr qu'il survive.

— Tu vas écrire un papier ? demanda Harrison.

— C'est un comportement particulier, c'est sûr. Je vais v...

— Et s'il ne tète pas ? Il faut qu'il mange, non ? l'interrompit Travis.

— Je vais appeler cet orphelinat pour éléphanteaux, ils ont enfin trouvé un mélange efficace pour remplacer le lait maternel. Je vous tiens au courant. Mais ça m'étonnerait qu'il boive. Il faut juste espérer qu'il se relève assez vite pour pouvoir téter sa mère.

— Tu nous laisses, Doc ?

— Je m'envole demain pour l'Europe. Ma petite sœur se marie. Tu as de la chance que j'aie encore été là.

— Ouais, merci Craig. »

Après son départ, Travis et Harrison repassèrent la barrière et regardèrent longtemps Pearl caresser de la trompe et du pied son petit épuisé. Elle resta avec lui près du lodge jusqu'à ce qu'il puisse se lever, ne l'abandonnant que pour rejoindre les siens une moitié de mile plus loin pour se nourrir et laisser téter son éléphanteau plus âgé qui ne disait jamais non à quelques bonnes lampées de lait. Avant de partir elle barrissait. Alors Travis accourait et surveillait le petit malade. Le câlinait, le rassurait, et même un jour elle s'endormit auprès de lui, sa chevelure blonde en pagaille, s…

« Attention, Boss ! »

Harrison s'extirpa de ses souvenirs et pila.

Au milieu de la piste une petite forme brune se traînait. Les deux hommes mirent pied à terre.

« Une jeune mangouste naine, dit Harrison. Et en sale état. »

La bestiole avait des plaies au flanc et les regardait, apeurée. Elle se débattit du mieux qu'elle put quand

Harrison la saisit dans ses mains, elle essaya de le mordre elle se tortilla, mais l'homme l'immobilisa. Il chercha des yeux la tanière commune d'où elle pouvait provenir.

« Elles vivent en clan, tu vois d'autres individus ?

— Je vais jeter un œil.

— Y a bien une tanière pas loin, dit Conrad en revenant. On la remet là-bas ? »

Harrison regarda la petite chose dans ses grosses paluches.

« Ça ne servirait à rien.

— Tu ne vas quand même pas l'amener chez le Doc ?

— J'en sais rien. Que crois-tu qu'il se soit passé ?

— Fais voir. »

Pendant que Conrad regardait le petit mammifère, Harrison scrutait le ciel et les arbres alentour.

« À mon avis elle a dû se faire prendre par un aigle ravisseur. Et pour je ne sais quelle raison, il l'a lâchée, dit Conrad.

— C'est ce que je pense aussi. Ces blessures-là sont dues à des serres. Elles sont profondes, mais le reste a l'air en bon état.

— Bon sang. Donc tu vas l'amener au Doc.

— Juma a besoin d'une copine.

— Comme tu veux.

— C'est exact. Donne-moi ton chapeau.

— Tu veux mettre ce truc dans mon chapeau ? Tu as perdu la tête !

— Faut bien qu'on la gare quelque part pendant qu'on consolide ce foutu pont.

— Mets-la dans ta chemise alors. Dans mon chapeau, t'es fou, répéta Conrad en retournant à la Land, une main sur son Stetson zébré.

— Je vais pas bosser en plein cagnard torse nu, je vais brûler !

— Pareil pour moi sans mon chapeau !

— Tu n'es qu'un sale fétichiste, Conrad. »

Harrison ôta néanmoins sa chemise, mit la petite mangouste dedans et cala le tout dans le vide-poches.

« Elle sera crevée avant la fin de la journée, dit Conrad. Le Doc ne la verra jamais. »

Mais quand ils eurent fini leur travail vers 15 heures, la mangouste était toujours vivante.

Moins de deux semaines plus tard, Harrison passait la prendre à la clinique, les pansements avaient été enlevés et les poils roux commençaient à repousser là où ils avaient été rasés afin de faciliter les sutures.

« Voilà ta mangouste. *Helogale parvula*, mangouste naine du Sud. Savais-tu que nous avions trente espèces différentes de mangoustes, ici, en Afrique ? Il n'y en a que sept autres dans le reste du monde.

— Super, Doc. Donne-moi une boîte. T'as bien une boîte ?

— Tiens. Donc tu vas la donner au gamin, pas vrai ?

— Nan, je vais la garder pour moi, j'ai toujours eu un faible pour les herpestidés. »

Le Doc se mit à rire.

« Une vraie miraculée cette bête.

— Tout comme Juma. Ils vont bien s'entendre.

— Elle boite de la patte avant. Et ça ne s'arrangera jamais.

— Encore mieux ! »

Et Harrison quitta la pièce en sifflotant.

Quand il arriva à la maison, Narima finissait de faire manger Juma. Le gosse était en pleine forme, les lunettes de soleil qu'Harrison lui avait offertes, sur la tête, il les portait toujours, même lorsqu'il était à l'intérieur. Harrison s'installa à table et posa négligemment la boîte en carton à côté de lui. Ça bougeait à l'intérieur.

« C'est quoi ?

— Une boîte.

— Oui, mais dedans ?

— Tu ne sais pas lire ? C'est une boîte à médicaments. Je l'ai prise chez le Doc.

— Ils bougent drôlement, les médicaments... »

Harrison sourit. « Tu aimes les histoires ? »

Juma ne pouvait détacher les yeux de la boîte, mais il n'osait pas s'en approcher. Harrison avait posé sa main dessus pour l'immobiliser.

« Tu aimes les histoires ?

— Oui.

— Bien. Parce que j'en ai une pour toi. Il était une fois, il y a bien longtemps... disons environ deux semaines, alors que j'allais consolider un pont avec Conrad, un petit animal arrêta ma voiture en faisant de grands gestes avec ses pattes. Je stoppai, me penchai à la fenêtre.

"Qu'est-ce que tu veux ?

— Je cherche un enfant.

— Tu cherches un enfant ?

— Oui.

— Bien, et comment est-il, cet enfant ?

— Oh, il est grand, bien plus grand que moi.

— Il y a beaucoup d'enfants comme celui-là.

— Oui, mais celui que je cherche il a une couleur particulière, il est tout blanc, et un peu rose, comme ma truffe.

— Hum, peux-tu être plus précis ?

— Eh bien il est courageux, et gentil, et il fait bien ses devoirs.

— Je connais un enfant comme ça, je lui dis.

— Je voudrais le rencontrer, me dit l'animal.

— Ah bon, et pourquoi donc ?

— Parce que je voudrais être son ami." »

Harrison enleva sa main de la boîte et la poussa vers Juma.

« Je crois que c'est toi que cet animal voulait rencontrer. »

Juma avançait déjà son bras vers la boîte quand Harrison le stoppa.

« Emmène-le dans ta chambre, et ferme la porte : il va falloir qu'il s'habitue à toi. Mais ça ne devrait pas prendre trop longtemps. »

Juma serra la boîte sous son bras valide et courut à sa chambre. Quelques instants plus tard, Harrison l'entendit pousser un petit cri, puis la porte se rouvrit et l'enfant se précipita vers lui et se jeta dans ses bras, « Merci merci merci ! » et aussi : « Raconte-moi la vraie histoire…

— On croit qu'un aigle ravisseur l'a laissée tomber. Elle a eu de la chance. Comment vas-tu l'appeler ?

— Tireli. Je vais l'appeler Tireli.

— Pourquoi ? »

L'enfant le regarda en penchant la tête, et en souriant, toutes dents dehors, il répondit : « Pourquoi pas ? »

Narima et Harrison échangèrent un de ces regards qui réparent tous les cœurs meurtris, et Harrison demanda :

« Où est le hamac ?

— Vous m'avez demandé de le jeter, monsieur… »

Harrison lui fit un clin d'œil.

« Oui, mais ce serait bien la première fois que tu m'aurais écouté, j'ai pas raison ? »

Narima sourit.

« Je vais vous le chercher. »

Harrison n'avait pas fait de sieste depuis qu'il avait perdu sa femme. Après la mort de Travis, il ne pouvait plus supporter de voir le grand hamac dans lequel ils aimaient tous les deux se balancer à la nuit tombée, en regardant, les yeux mi-clos et la respiration calme, le soleil se coucher derrière les collines. Dans leur cœur ils pouvaient ressentir autant de couleurs que dans le ciel qui s'embrasait, la joue de Travis sur la poitrine de son mari, sa chevelure lui chatouillant désagréablement les narines, mais il ne voulait pas qu'elle ait à bouger alors il ne disait rien, il aurait pu rester ainsi pour l'éternité, prêt à éternuer.

Ce jour-là Harrison réinstalla le hamac sous la véranda et s'endormit en moins de temps qu'il n'en faut à un python pour mordre un daman et l'étouffer.

Pour trouver Juma, il fallait chercher Tireli, et pour trouver Tireli, il fallait chercher Juma, ces deux-là étaient aussi inséparables qu'une femelle rhino et son nouveau-né. La jeune mangouste dormait avec Juma, jouait avec Juma, et restait même sur son épaule, tranquillement, quand il marchait, avant de dégringoler au sol et de fureter à droite à gauche en boitillant pour croquer un insecte ou un quelconque invertébré. « C'est la plus rapide ! Rapide comme une flèche ! » Une fois elle attrapa un lézard, qui ne lui laissa que sa queue en guise de pauvre apéritif.

Au-delà du fait qu'Harrison aimait voir Juma heureux, avoir Tireli à la maison était bien pratique.

« Une bénédiction cette bestiole, y a plus une blatte qui ose pointer le bout de ses antennes. Tu devrais t'en trouver une, Conrad.

— On a un chat.

— Un chat ? Depuis quand ?

— Depuis quand tu n'es pas passé à la maison ?

— Ça fait un bail…

— Oui. Eh bien depuis ce temps-là, on a un chat.

— Fais pas cette tête, Conrad ! Ne me dis pas que je te manque !? Juma ! Laisse Tireli et grimpe dans le pick-up, on y va ! »

Harrison avait noué de bonnes relations avec les fermiers du coin qui n'hésitaient pas à l'appeler quand un léopard entrait sur leurs terres. Au lieu de l'abattre.

Les panthères se fichaient bien des clôtures de la réserve, elles aimaient étendre leur territoire au-delà, s'attaquant parfois au bétail ou aux chiens, vagabondant quelques jours ou quelques semaines avant de revenir sur leur territoire. Avant, les fermiers dégainaient leur fusil, maintenant ils saisissaient leur combiné : « Harrison, ton gros chat est de nouveau chez moi. »

Harrison passait chez le Doc qui prenait son pick-up, son fusil et ses seringues hypodermiques, et arrivé sur place, Conrad se mettait sur le siège arrimé au capot et cherchait les traces.

Ce jour-là c'était un gros mâle, avec une entaille au coussinet antérieur gauche.

« Là ! Deuxième branche. »

Harrison recula, gara la Land plus loin, derrière un buisson. Le Doc en descendit, ouvrit sa mallette, monta son fusil, l'arma, épaula, visa, et fit mouche. Le léopard feula quand la seringue se ficha dans sa cuisse, regarda partout en se tordant le cou. Il ne tarda pas à tanguer et à s'effondrer mollement au pied de l'arbre. Il pesait dans les soixante kilos. Harrison et Conrad l'allongèrent délicatement à l'arrière du pick-up. Le Doc resterait auprès de lui.

« Harrison ?

— Oui Juma ?

— Il dort vraiment ?

— Il ne peut pas dormir plus profondément. Tu veux le caresser ?

— Tu es sûr qu'il ne va pas se réveiller ?

— J'en suis sûr Juma. Tu peux monter avec Craig et le caresser.

Le Doc hissa Juma dans le pick-up.

« Il est très beau », dit l'enfant en avançant prudemment la main du cou de l'animal. Il enfouit les doigts dans sa fourrure, toucha ses dents, lui caressa les oreilles.

« Donne-lui plutôt une bonne tape sur le museau, ce bonhomme-là me coûte un bras », cria Harrison en démarrant, car il fallait payer la seringue, payer le déplacement du Doc, et dédommager le fermier qui avait perdu une bête.

Mais Harrison tenait à ses léopards, les touristes venaient aussi pour eux, même si ces félins-là n'étaient pas faciles à repérer. Du reste quand il avait repris les terres à la mort de son père et qu'il avait décidé d'en faire une réserve de vision et non plus une réserve de chasse, il s'était promis de prendre soin de ses animaux, même s'il avait de temps à autre autorisé quelques chasses, quand l'argent manquait. Comme ce vieux rhinocéros blanc. Ça lui avait fendu le cœur de voir ses deux tonnes tomber à terre, et il avait serré les dents en prenant en photo le chasseur, fusil à la main et pied posé sur l'encolure de la bête, sourire béat d'avoir tué un géant. L'animal allait bientôt mourir de toute façon, autant que sa mort rapporte. Et elle avait rapporté un max.

Arrivé à la clinique, le Doc pesa le léopard endormi.

« Soixante-trois kilos cinq cents, un beau spécimen.

— Quel âge ?

— Dans les dix ans, répondit le Doc en observant les dents. Je lui fais une prise de sang et on le met dans la cage.

— Ce n'était pas lui, la dernière fois, sur les terres du vieux Harry ?

— Non. Deux mâles sur le même territoire, ça va faire du grabuge.

— Pourquoi du grabuge ? demanda Juma.

— Ces gaillards-là ne sont pas partageurs.

— C'est dommage.

— Quoi, c'est dommage ?

— Ce serait plus simple pour eux s'ils l'étaient, non ? »

Tandis que Craig expliquait à l'enfant les comportements territoriaux de ces animaux solitaires, Harrison pensait avec une certaine tristesse mêlée de culpabilité qu'ils n'étaient pas les seuls à ne pas savoir partager.

« Comment va ta mangouste, Juma ? demanda le Doc en fermant la cage.

— Je ne pouvais pas l'emmener à cause du léopard.

— Mais elle est en forme ?

— Oui, on est copains elle et moi. On joue ensemble.

— Parfait. C'est bien. Comme ça tes amis te manquent moins… »

Harrison lui jeta un regard furieux.

« Bon, on la met dans ton pick-up, cette foutue cage, on va pas y passer la journée ! »

Le Doc échangea un regard surpris avec Conrad, qui se contenta de hausser les épaules.

« À trois. Un, deux, trois ! »

La cage prit place à l'arrière du véhicule de Craig et à travers les barreaux Juma toucha la langue de la panthère qui pendait entre ses babines, rose et râpeuse. Puis il sentit ses doigts et fit la moue.

« Eurk, on devrait lui brosser les dents.

— Je vais lui donner un petit nécessaire de toilette pour la route, t'en fais pas. »

Juma se mit à rire et grimpa à l'avant, tourné vers le paysage, le bras droit sur la portière et la tête posée dessus, pour ne pas perdre une miette de ce qui se passait dans la brousse. Jamais il ne s'en lassait, et jamais il ne regardait la route, comme si la destination importait peu, que le plus important était la vie autour.

« Y a pas mal de vautours là-bas, tout au loin… »

Harrison s'arrêta pour sortir ses jumelles. Il regarda Conrad.

« Ouais, beaucoup de vautours. Beaucoup trop. »

Au même instant la radio grésilla, et un garde leur demanda de passer sur la fréquence 6.

« Harrison, j'écoute.

— Vingt-deux éléphants, Boss, tout au nord, pas loin du lac alcalin. Dans une clairière.

— Je serai sur place dans deux heures, trois heures max. Préviens tout le monde, je ne veux pas de touristes dans cette zone, c'est compris ?

— *Copy that.* »

Harrison serra les mâchoires et appuya sur le champignon. Le pick-up valsait dans les ornières, Juma s'accrochait au tableau de bord et derrière, le Doc tenait fort les lanières qui arrimaient la cage dans laquelle le léopard valdinguait. « Calme le jeu, Harrison, cria-t-il, sinon Grominet va se faire une commotion cérébrale. »

Harrison leva le pied de l'accélérateur.

« Quinze rhinocéros noirs en dix mois, sans compter les carcasses qu'on n'a pas retrouvées, et là sans doute une famille entière d'éléphants. Merde. »

Il était toujours aussi fébrile quand il arrêta le véhicule.

« File-lui l'antidote, Doc, réveille-moi ce gros chat au plus vite, qu'on le relâche. Conrad, appelle un de tes gars, qu'il passe nous prendre avec une Land. Juma, le Doc te ramènera, c'est d'accord, Doc ?

— Pas de problème.

— Bordel.

— La dernière fois, c'était...

— Je me souviens de la dernière fois, nom de Dieu ! Il y a huit mois, tu crois que je peux oublier ce jour-là ?

— Ce que je veux dire, c'est que...

— Je me fous de ce que tu veux dire. Bordel, à quoi je paye les gardes, hein ? Qu'est-ce qu'ils foutent pendant leurs patrouilles, hein ?

— Tu ne trouves pas grand-chose pendant les tiennes…

— Ferme-la, Conrad.

— Je dis juste que la réserve est grande, Boss, et t'as viré des employés. C'est pas simple.

— Et où veux-tu que je trouve l'argent, bon sang ? Tu crois que ça pousse comme un acacia ?!

— J'ai rien dit, Boss. Juste que les bracos ont l'avantage.

— Ouais, l'avantage, hein. T'as carrément raison. Avec leurs foutus kalas, même si quelqu'un les repérait, ça ne changerait rien.

— Il y a deux mois, trois gardes sont morts dans le parc national à l'est.

— Ouais. Il est fini le bon vieux temps où c'est nous qui avions les fusils. Putain de monde de merde. »

Les images au mur se figèrent sur un Harrison désemparé. Dans les années 1970, au moins lui et ses hommes ne risquaient pas leur vie dans cette guerre. Le prix de l'ivoire avait pourtant déjà sacrément grimpé et la population d'éléphants sur le continent avait été divisée par deux en l'espace de dix ans, mais dans la réserve, les braconniers chassaient toujours à la sagaie, les différentes rébellions n'ayant pas encore amené les kalachnikovs dans cette partie-là du pays.

De nouveaux souvenirs et un nouveau titre apparurent.

QUAND ON TROUVA LES BRACONNIERS

1976

En ce février-là, Conrad, Harrison, un photographe anglais nommé Alan Copfield et aussi deux gardes étaient partis prendre des clichés de rhinocéros. Harrison savait qu'un bébé était né depuis peu, et Alan tentait de contenir son excitation en plaçant les différents objectifs dans sa besace, il avait fait le voyage depuis Londres, avait enchaîné dès son arrivée sur huit heures de pistes truffées de nids-de-poule, avait très mal dormi la nuit précédente, mais ce jour-là la fatigue, il ne la sentait plus, « un jeune rhino de moins de deux semaines, *holy shit* ».

Quelques pluies avaient déjà fait reverdir la brousse qui brillait d'un vert doré, et la savane se réveillait lentement au rythme des rayons du soleil qui crevaient de rares nuages sur le point de se disloquer.

« On va le trouver, ce bébé ?

— On va le chercher, Alan.

— Je vais prier.

— En quel Dieu vous croyez ?

— Disons que je suis presque sûr qu'il y a un dieu pour les photographes. Le reste ne me regarde pas vraiment.

— J'ai vu votre travail, alors moi aussi, je suis prêt à croire en votre dieu », rétorqua Harrison en se signant d'un air pénétré.

Alan rigola.

« Amen. »

Au bout de deux heures, Conrad repéra des traces du passage de rhinos mais elles n'étaient pas assez fraîches, et quelques instants plus tard il se figea, s'accroupit et ôta son Stetson.

« Boss ?

— Ouais ?

— Regarde.

— Ça, c'est pas du rhino…

— Non. »

Les deux hommes se fixèrent longtemps, évaluant la situation, réfléchissant à la meilleure option, jetant un coup d'œil au photographe occupé à fixer la lanière de son chapeau, à remonter son col de chemise sur son cou déjà rouge et à éponger de sa manche la sueur sur son visage.

« Faut voir où ça mène, Boss.

— Ouais. »

Copfield les rejoignit.

« Qu'est-ce qui se passe ? Vous savez où ils sont ? »

Harrison soupira, puis décida de jouer franc-jeu :

« Pas encore. Mais venez voir. Regardez, là…

— On dirait des traces de sabots. Des chevaux ?

— Oui. Les traces sont pas vieilles.

— Et ?

— Il n'y a pas de chevaux dans la réserve.

— Je ne comprends pas.

— Des braconniers. Et à en croire la profondeur des empreintes, les canassons ne portent pas que des hommes.

— Ils portent quoi ?

— Des défenses, Alan. Des défenses. »

Le photographe s'épongea une fois de plus le front, frotta ses sourcils de l'index et du pouce, regarda la savane, les girafes dont les têtes émergeaient des feuillages comme de grands fruits bigarrés d'un genre nouveau, les tisserins joyeux qui finissaient de bâtir leurs nids dans un incessant ballet d'ailes jaunes, les springboks mâles qui se battaient plus loin, cornes contre cornes et sexe en érection. Il se tourna vers Harrison.

« Je ne suis pas contre un reportage de plus. »

C'était un feu vert, Harrison hocha la tête en remerciement.

Les cinq hommes reprirent leur marche en suivant les traces de chevaux en silence, chacun avait en tête une histoire différente.

Le plus jeune des gardes, Tary, un gars aux yeux de chat, serrait fort son fusil, ça ne faisait que quelques mois qu'il travaillait là, pour protéger touristes et professionnels d'éventuels prédateurs, ou d'une charge de rhino, ou même d'hippo, mais il n'était pas prêt à se battre contre des humains, « ça non, pas prêt ».

Le second garde, dont le surnom était Elbow, un grand gaillard avec une sacrée cicatrice sur le coude qu'il s'était faite lors d'une bagarre aux tessons de bouteille un soir de cuite violente, épiait le paysage en quête de rhinos. Harrison lui avait dit : « Elbow, garde les yeux ouverts, notre client veut photographier des rhinocéros, ce serait bien que tu les trouves. Même si nous, on cherche autre chose. »

Alan Copfield le photographe se disait qu'il n'y connaissait foutrement rien aux empreintes d'animaux, qu'il ne savait même pas depuis combien de temps les braconniers étaient passés, qu'il avait peut-être peur, mais pas sûr, qu'il faisait chaud, plus chaud que dans un des fours de fusion qu'utilisait son père dans sa verrerie de Norfolk, mais que s'il pouvait revenir avec des images de rhinocérotidés et un reportage sur le trafic d'ivoire, ma foi, sa carrière ferait un bond, et si seulement il pouvait se mettre à pleuvoir, ne serait-ce qu'un petit peu, ça rafraîchirait l'atmosphère.

Conrad ne pensait à rien, sinon à évaluer le nombre de bêtes. Arrivé dans une zone moins herbeuse, il finit par dire « une vingtaine » en ramassant une brindille qu'il se cala entre les dents et en espérant qu'il ne pleuve pas, car « ça foutrait en l'air les traces ».

Harrison serrait les maxillaires, calculant combien de défenses les chevaux pouvaient porter, combien d'éléphants avaient été tués, combien étaient morts dans sa réserve à lui, et si Pearl faisait partie du lot.

Il avait revu l'éléphante et sa troupe quelques jours après les funérailles de son père, un matin qu'il faisait un petit tour du propriétaire avec Conrad, qui lui disait :

« Ton père, je l'appelais Boss. Je vais faire la même chose avec toi.

— Comme tu veux. Hey, je reconnais ces oreilles ! s'était exclamé Harrison en observant au travers de ses jumelles une quinzaine de pachydermes auprès de la rivière.

— Quelles oreilles ? Il y en a plus de trente.

— La femelle, là, celle qui rince les herbes dans l'eau.

— Oui, eh bien ?

— C'est Pearl.

— Hein ?

— Ouais, sûr que c'est elle. Une, deux, trois entailles bien particulières à l'oreille gauche, trois encoches successives et rondes. Elle a un peu plus d'entailles maintenant mais jamais je n'oublierai. Comme elle a grandi… C'est Pearl. J'avais six ans, c'est fou comme les souvenirs… », mais Harrison n'avait pas fini sa phrase et Conrad avait redémarré la Land en se demandant à quel nouveau patron il avait affaire, le fils n'avait vraiment rien à voir avec le père.

Six ans plus tard, avec un photographe anglais et trois de ses gars, vingt ans après sa première rencontre avec l'éléphante, Harrison se disait sans bien savoir pourquoi qu'il pourrait supporter la perte de n'importe quel pachyderme, mais pas elle. C'est ainsi que six ans après être revenu en Afrique pour de bon, il put enfin terminer sa phrase : « C'est fou comme les souvenirs peuvent nous rendre cons. »

Après encore deux heures de marche, il décida qu'il était temps de rentrer.

« Les bracos vont au nord-est. Demain on prendra la Land. Et davantage de munitions. On les cherchera en passant par l'autre vallée.

— Je pourrai vous accompagner ? demanda le photographe.

— Je ne préfère pas. Mais je vous trouverai un autre pisteur et deux gars armés, et vous chercherez vos rhinos.

— Je vous signe une décharge si c'est ce qui vous tracasse. »

Harrison plissa les yeux et regarda le jeune photographe animalier en sueur, en lui tapant dans le dos il lui dit gaiement :

« Pas besoin de papelard. S'il vous arrive quelque chose, je laisserai votre carcasse aux lions, et si quelqu'un vient vous chercher, mes gars et moi on répondra innocemment : "Alan Copfield, vous dites ? Ouais, sûr qu'il était censé venir, mais on ne l'a jamais vu arriver."

— Faites donc ça, du moment que vous envoyez mes pellicules au journal. »

Ça suffisait à Harrison. Après tout, un freluquet en sueur n'était pas forcément un dégonflé, du reste, il avait bluffé : il n'avait aucun gars à lui fournir le lendemain, pas dans cette partie-là de la réserve du moins. « Va falloir que je trouve du staff », s'était-il dit en soupirant.

Le lendemain, bien avant le lever du jour, Harrison, Conrad, Copfield, Elbow et Tary, les uns armés de 22 long rifle Hornett, de Winchester 375 à lunette et de lances, et l'autre d'un Nikon F, montèrent dans la Land avec des vivres et un barda pour deux jours, au cas où. Conrad souriait, car il n'avait pas plu. Il était bien le seul à arborer une mine réjouie, Harrison s'était habitué à ça, le voir sourire quand tout le monde tirait la tronche, quand tout le monde était crevé, quand tout le monde s'attendait à une sale journée. Conrad se concentrait sur une seule chose, Conrad n'anticipait pas. Harrison l'enviait, car lui imaginait déjà que ça puisse tourner mal.

Après avoir suivi le cours de la rivière au creux d'une large vallée de savane herbeuse, ils arrivèrent dans une zone boisée où les rivières ne sont que de petits cours d'eau à la saison sèche mais inondent toute la zone en saison des pluies, ça miroite entre les averses et le ciel s'inverse. Mais la saison des pluies touchait maintenant à sa fin, et le terrain était praticable, aussi descendirent-ils de la Land pour continuer à pied.

Harrison, qui marchait derrière Elbow, remarqua pour la première fois à quel point les mollets du garde étaient fins, fins comme des bras de femme, et se demanda comment diable ils pouvaient porter ces épaules si larges et ce torse si musclé, sans parler de sa tête, qui lui avait toujours semblé disproportionnée. Comme une grosse mangue fichée sur un cure-dents.

Harrison l'avait embauché cinq ans auparavant, et il respectait sans pourtant bien le comprendre cet homme ébène aux pectoraux en cuirasse. Elbow n'était pas d'un naturel bavard, mais pas non plus du genre à prêter l'oreille, en réalité il donnait plutôt l'impression de s'écouter penser, ou de dormir les yeux ouverts. Parfois même Harrison se demandait si l'homme ne savait pas à l'avance ce qu'il s'apprêtait à entendre, « pourvu qu'il ne lise pas dans les pensées », et ça le faisait sourire d'imaginer que son garde soit un peu sorcier.

Elbow s'accroupit et fit signe au reste de la troupe de s'arrêter. « Fumée. »

Les cinq hommes continuèrent, courbés, les genoux fléchis, à couvert et sans un bruit, le palpitant du photographe semblant vouloir lui crever les côtes. La vallée herbeuse autour du ruisseau ne comptait pas plus de cinquante mètres de large. Elle était bordée d'arbres au travers desquels les rayons du soleil qui se levait se frayaient un passage comme des lances de lumière prêtes à leur transpercer le corps.

Ce fut au détour d'un méandre qu'ils distinguèrent le campement que les braconniers avaient établi à l'orée de la forêt : quatorze hommes, aucun fusil, que des lances et des sagaies, et dix-neuf chevaux entravés, fantomatiques haridelles n'ayant plus que la peau sur les os et certains même plus la force de brouter. Harrison ferma les yeux et prit une grande inspiration avant de se relever et de se mettre à crier, tandis que Conrad armait son fusil et surprit tout le monde en abattant deux chevaux, les coups de feu résonnant comme une fin du monde dans la vallée, un bruit que jamais Harrison n'oublierait.

Comme jamais il n'oublierait qu'il arma aussi sa carabine pour tirer sur des chevaux entravés qui ne pouvaient pas fuir et qui trébuchaient et s'écroulaient avant même qu'une balle les atteigne et il courait vers eux et il les finissait au sol, un par un, leur tête squelettique qui tombait dans les herbes, et de la poussière et de la crasse qui sortaient en nuage de leur encolure au moment du choc. Le canon de sa carabine lui brûlait les doigts à chaque fois qu'il rechargeait et quand il faisait feu il criait.

Avec la Winchester, Conrad abattit d'un seul coup deux bêtes hagardes qui restaient côte à côte comme si ça pouvait les protéger, tandis qu'Elbow retirait sa lance ensanglantée du flanc famélique d'un petit cheval bai qui se soulevait une dernière fois.

Les braconniers s'étaient enfuis comme des zèbres se dispersant en un rien de temps à l'arrivée des lions, et Harrison ordonna de cesser le feu.

Seul Copfield mitraillait, à sa manière. Ce ne serait que bien après avoir éloigné son œil de l'appareil et pris la mesure de la situation qu'il se mettrait à vomir, puis à pleurer, et à vomir encore mais pour l'instant, il appuyait sur le déclencheur. En automate. Clic-clac la clairière jonchée de chevaux morts, des mouches déjà sur leurs yeux, glissant sous leurs paupières, clic-clac les défenses entassées luisant d'un blanc jaunâtre dans le petit matin clair, clic-clac les queues de girafes dans un sac, par dizaines, clic-clac les fers de lance maudits, trente-cinq centimètres de long et vingt de large, gardés dans un étui en cuir de pachyderme.

« Ils s'en servent pour couper les jarrets des éléphants affolés qu'ils poursuivent à cheval.

— J'ai pas vu de hampe, dit Copfield.

— Ils les taillent sur place, puis ils les jettent. Ils ne transportent que les fers », expliqua Conrad en donnant un violent coup de pied dans un sac de vivres.

Clic-clac les couteaux, clic-clac les selles des chevaux, clic-clac les gris-gris, des gris-gris par dizaines. Clic-clac le portrait d'Harrison, en sueur, hébété, la 22 long rifle pendant piteusement comme une morte extension de son bras, regardant le ciel en espérant que soudainement il se remplisse de quelque chose, de n'importe quoi, mais le ciel la seule chose dont il se remplirait ce serait de vautours, et ils ne tarderaient pas.

Six chevaux étaient encore en vie.

« Pour transporter la prise jusqu'à la Land. On les charge. Et on brûle le reste du campement. »

Mais les bêtes étaient trop faibles pour supporter tous ces kilos, et deux d'entre elles s'effondrèrent piteusement pour ne pas se relever.

« Les bracos finissaient leur saison. Ils faisaient une pause, pour que leurs canassons reprennent des forces », expliqua Conrad en déchargeant le premier animal.

Alan Copfield remit son appareil en bandoulière et s'approcha doucement de l'autre cheval, il s'assit auprès de lui et gentiment lui caressa le chanfrein, longtemps, en lui chuchotant des mots apaisants, et le cheval fermait les yeux en finissant de s'épuiser à vouloir respirer. Le photographe se leva.

« Y a personne pour l'abattre ? »

Quatre hommes baissèrent la tête en même temps et serrèrent les mâchoires. L'adrénaline semblait être retombée.

« Viens avec moi chercher la Land, avec un peu de chance elle passera », lança dans un murmure Harrison à Tary, et tous deux s'en allèrent, silencieux, repérant les passages que le 4 × 4 pourrait emprunter sans trop de difficultés. La Land passa. Ce fut difficile, ce fut long, mais elle passa.

Quand les deux hommes atteignirent le campement, les chevaux qui restaient étaient morts. Le butin était prêt à être mis dans la Land. Ça prit du temps et les hommes s'épuisèrent sans un mot, rien que des halètements et des muscles qui se tendaient et des soupirs.

Les deux gardes montèrent sur la galerie, se frayant un passage entre les défenses arrimées. Harrison prit le volant, laissant derrière lui le campement brûler, Conrad et Copfield à ses côtés. Pas une fois il ne demanda à Conrad pourquoi diable les six derniers chevaux avaient été abattus à coups de lance, ni pourquoi on en avait tué treize qui étaient entravés alors que les braconniers étaient déjà en fuite. Il ne demanda pas parce qu'il savait où la conversation allait le mener :

« Pourquoi on a tiré sur des bestioles entravées, putain de merde ?

— Pour éviter que les bracos se fassent la malle avec.

— Elles étaient entravées. Ils n'auraient pas eu le temps.

— Peut-être que si.

— Pourquoi tuer celles qui restaient alors ?

— Elles étaient trop faibles, tu l'as vu, elles seraient mortes de toute façon.

— Pourquoi ne pas les avoir laissées se requinquer, elles se requinquent, c'est ce que les bracos avaient en tête, elles se seraient requinquées et on les aurait revendues peut-être.

— À qui ? À de nouveaux braconniers ? Tu m'emmerdes, Boss. À mon tour de poser une question. Pourquoi t'as tiré ? T'en as tué quatre, et je ne t'ai pas vu hésiter. »

La seule réponse qu'Harrison aurait pu donner est « Dans le feu de l'action j'ai peut-être… je ne sais pas ».

Et il aurait peut-être ajouté dans un haut-le-cœur : « La prochaine fois, je tirerai sur les hommes. »

La Land fit une embardée de dégueulis en passant une ornière. Ce fut Alan Copfield qui rompit le silence : « J'ai besoin d'un verre. »

Le soir même l'inventaire fut établi. Outre les queues de girafes et quelques peaux de félins tachetées, six cent cinquante kilos d'ivoire furent pesés, quatre-vingts paires de défenses, les plus petites mesurant à peine vingt-cinq centimètres, ce qui ne pouvait provenir que de très jeunes éléphants dont les défenses ne dépassent que de dix centimètres. Harrison se surprit à espérer que les bracos aient aussi tué les éléphanteaux sans dents, sinon les lions ou les hyènes s'en chargeraient, et ce serait presque pire, il ne voulait même pas y penser.

Copfield photographiait les défenses rangées par paires au sol.

« Qu'est-ce que vous allez en faire ?

— Elles seront acheminées vers la capitale, pour ensuite être déposées au ministère de la Chasse et du Tourisme.

— Et après ? Ils les détruisent ? Ils les entreposent ? Ils se les approprient ? Ils les… vendent ?

— Vous voulez toujours ce verre, Alan ? »

Copfield sourit d'un air malade.

Personne ne savait à cet instant qu'un jour les gouvernements seraient autorisés à vendre l'ivoire saisi, pour casser l'offre et la demande et donner aux éléphants un trop court répit, que ça semblerait être une bonne idée, que ce serait tout à fait légal, mais que ça ne ferait que relancer des filières et que le braconnage reprendrait de plus belle une fois les stocks épuisés. Pour l'instant, ils savaient que l'or blanc attirait tant de convoitises qu'il était peu probable que l'intégralité des prises restât sagement dans un entrepôt. Ceux qui s'en mettraient plein les fouilles appartiendraient au gouvernement, et des containers iraient inonder l'Asie, entre autres. Sans que personne n'y trouve à redire.

« Des glaçons dans le whisky ?

— Non. Mais versez une double dose. »

Au mur l'image se figea sur le liquide ambré se déversant dans le verre comme une petite cascade d'oubli. Ce fut Pearl qui prit la parole en premier. Comme d'habitude elle surprit tout le monde :

« Et le petit rhinocéros ? demanda-t-elle.

— Hein ?

— Le petit, vous l'avez trouvé finalement ? J'aime bien les bébés rhinos, ils ressemblent un peu aux nôtres...

— Laisse-moi te poser une question, Pearl. Comment peux-tu dire ça après ce qu'on vient de voir ? Qu'est-ce qu'on en a à faire du foutu rhino, hein ?

— J'aime bien les petits. Quels qu'ils soient. Les petits humains avec un seul bras, comme toi Juma », et Pearl caressa de sa trompe le visage de l'enfant. « Même les lionceaux qui jouent à attraper la queue de leur mère, ceux-là ne sentent pas encore le sang.

— Donc, reprit Harrison, quand tu vois cent soixante défenses, tu penses à un jeune rhinocéros ?

— Tu sais Harrison, dans la brousse on voit des animaux se faire tuer tout au long de la journée, c'est comme ça. Par des lions, par des guépards, par des lycaons… En toute honnêteté, les images ne me touchent que s'il s'agit des miens.

— Mais il s'agit des tiens ! cria Harrison. Toutes ces défenses, elles appartiennent à qui tu crois ?

— Ceux-là n'étaient pas de ma famille. Et de toute manière les images au mur elles ne sentent rien. Je ne sais même pas si je les connaissais, ces éléphants-là », et Pearl se gratta nonchalamment la patte avec sa défense gauche.

« OK, OK, je comprends. Mais dans l'idée, qu'est-ce que tu penses du trafic d'ivoire, t'es quand même un putain d'éléphant, t'es un peu la première concernée, alors t'as bien une opinion, non ?

— Pas vraiment.

— Comment ça, pas vraiment ?

— Calme-toi, dit doucement Juma en caressant le bras d'Harrison.

— Mais je suis calme bordel ! rugit-il en se dégageant vivement. C'est juste que je ne comprends pas comment elle peut s'intéresser à un foutu bébé rhino, alors que des centaines de milliers d'éléphants se font buter uniquement pour leurs dents juste parce que ça rapporte un tas de pognon à de gros enculés.

— Je ne sais pas vraiment ce que ça signifie, l'argent. Je sais combien mes défenses valent, c'est toi qui me l'as dit, mais je ne comprends pas bien tout ça. Ce que je pense, c'est que c'est comme avec un lion. Sauf qu'on n'est pas tués pour être mangés. Les humains sont juste des prédateurs en plus, qu'on rajoute à la liste. Le seul problème ici, c'est qu'il y a maintenant plus d'humains que de lions.

— Non, le problème est que ces humains-là ne te tuent pas pour survivre. Ils ont d'autres choix. » Harrison fixa N'Dilo avec une moue de dégoût. « De plus, il y a peu de chances qu'un éléphant adulte se fasse attaquer par des lions, et si ça arrive, y a peu de chances pour que les lions gagnent, tandis que les kalachnikovs maintenant tuent cinquante des vôtres en moins d'une minute. Tu trouves ça juste ?

— Ton père abattait un éléphant dans un clignement d'œil aussi. Et avant lui, c'était pareil. Les Noirs, les Blancs, les lions, tous des prédateurs.

— Donc pour toi c'est dans la logique des choses de prendre une rafale et de te faire dégommer par un ennemi que tu n'auras même pas vu, tout ça pour qu'un connard à l'autre bout de la planète puisse poser sur son étagère un bibelot en ivoire ou qu'un chef de guerre échange tes dents contre des armes ?

— Tu m'embêtes. »

Et Pearl s'éloigna, la trompe sur la tête, remuant son gros derrière et balançant la queue.

« Regarde quand même au mur, car en 1998, les éléphants qu'on a retrouvés, ils étaient de ta famille. Big Ears, Broken, Limpy, Shorty, Funny Tail, Mama, Dante, Johnny Brown, quatre éléphanteaux de moins de six ans qu'on n'avait pas encore nommés, deux bébés sans dents, et aussi Helk…

— Les noms que tu nous donnes ne veulent rien dire pour moi, le coupa Pearl.

— Regarde. »

Harrison ferma les yeux pour que les souvenirs de ce jour-là apparaissent au mur. Il avait un sale goût dans la bouche, comme quand on n'est pas fier, mais néanmoins il s'adressa à Pearl comme on crache sur son propre choix, car c'était un coup bas : « Regarde bien, et dis-moi si tu t'en fous autant, maintenant. »

QUAND HARRISON DÉCOUVRIT LE MASSACRE

Octobre 1998

Le léopard, le Grominet qu'ils avaient récupéré sur les terres du vieux Harry, devait déjà avoir marqué son territoire de chasse quand Harrison et Conrad arrivèrent dans la clairière jonchée de carcasses. Harrison sortit ses fiches d'identification et resta un bon moment assis dans la Land, les papiers en main, plus de quarante sous-groupes d'éléphants répertoriés, classés selon leur famille, famille A, famille B, etc. Peu d'entre eux avaient été nommés : une photo, un croquis de leurs oreilles, leur sexe et leur âge approximatif, c'était tout, et c'était suffisant. La grande majorité des clichés avaient été pris par Travis, et Harrison ne pouvait s'empêcher de les caresser en déglutissant avec difficulté. La famille de Pearl comptait six sous-groupes, et c'était l'une des rares dont la plupart des membres avaient été baptisés.

Harrison gardait en main les fiches comme s'il s'y accrochait, et dut se forcer à desserrer son étreinte pour ne pas les froisser avant de prendre une grande inspiration et de mettre pied à terre dans une poussière ocre qui se cala dans les poils de son mollet.

Les gardes avaient déjà inspecté les lieux, pas de grenades dans les arbres ni dans les fourrés qui enserraient la clairière : les braconniers n'avaient pas piégé cette scène-là.

Il s'approcha de la plus grande carcasse, inspecta les oreilles, parcourut ses fiches et commença à rayer Big Ears, deux grands traits rouges en croix comme de nouvelles plaies sur les photographies. Puis il passa au reste de la famille. Certaines trompes avaient été détachées de la tête mais d'autres non, et les plaies béantes qui partaient des yeux jusqu'au menton ressemblaient à des bouches monstrueuses et sanguinolentes figées dans un cri sans fin. Un éléphant en tentant de fuir était tombé dans un buisson d'acacias dont les branches avaient cassé et il gisait là, sur un nid d'épines.

Les plaies indiquaient des AK 47 et le corps des éléphants, c'était du Pollock, mais à l'hémoglobine. Il prit des photos, forçant son doigt à appuyer sur le déclencheur.

Les gardes étaient debout près des corps, une main sur la tête pour se protéger du soleil et l'autre sur leur fusil parce que ça rassure. Personne ne parlait mais dans la détresse ambiante il y avait aussi le soulagement de n'avoir pas été là au mauvais moment.

Faut se rendre à l'évidence, même si on a un fusil, y a pas grand-chose à faire contre une bande armée de kalachnikovs.

Harrison s'approcha d'un tout jeune éléphanteau encore poilu affalé contre sa mère : celui-là avait pris une balle dans la tête, juste au-dessus des yeux. Il avait seulement l'air de dormir, la bouche ouverte comme s'il souriait. Comme s'il rêvait. Les braconniers ne perdent pas de balles à tuer les petits, c'était donc l'un de ses gardes. Harrison ne savait pas lequel avait appuyé sur la gâchette, mais c'était fini maintenant. Finis les petits barrissements de terreur et d'incompréhension. Finie la douleur de l'homme devant ce spectacle. Fini. Il n'y avait rien à dire.

« Les autorités sont prévenues. Elles arrivent », l'informa Conrad.

Harrison hocha la tête.

« Les autorités, hein ? Les foutues autorités… Bien. Dis aux policiers qu'ils recherchent une bande armée jusqu'aux dents, qui se trimbale dans des 4 × 4 dont les pneus ressemblent à ceux avec lesquels on équipe nos Land même si l'écartement me fait plutôt penser à des Jeep. Dis-leur qu'ils doivent être une dizaine, t'en penses quoi ?

— Ça ressemble à ça, vu les traces.

— Bien. Dis-leur aussi que c'est leur foutu boulot de choper les bracos, des fois qu'ils aient oublié. Dis-leur que comme d'habitude il va y avoir des camions bourrés à craquer d'ivoire qui vont se balader dans le pays. Dis-leur qu'il va y avoir de foutus containers qui vont le quitter. Dis-leur qu'ils pourraient au moins en arrêter un, pour la forme, après tout, ils savent bien qui chercher et où chercher, vu qu'ils palpent du fric au passage juste pour fermer les yeux.

— Tout le monde n'est pas corrompu, Boss.

— Ça en laisse trop qui le sont. Pourquoi les blâmer, ça fait cinq mois qu'ils ne touchent plus leur solde pendant que le Président et sa clique se prélassent dans des jets privés. Dis-leur que je ne leur en veux pas. Dis-leur que quelques types dans le monde se pencheront sur le problème, et puis qu'après ils iront déjeuner, dis-leur bien que tout le monde s'en fout autant qu'eux, que tout le monde sait qu'on a perdu d'avance. La guerre contre les trafiquants de drogue, c'est pareil, c'est David contre Goliath, sauf que l'humain n'est pas en voie de disparition. Alors ouais, dis-leur, aux foutues autorités de ce foutu pays, de continuer à participer à leurs foutues réunions internationales au sujet de la lutte contre le trafic d'ivoire, dis-leur de bien se remplir la panse et de profiter de leurs vacances, dis-leur que ça va, qu'il n'y a pas urgence, après tout, ce foutu Noé a bien rempli la Terre avec deux spécimens de chaque espèce, tout va bien, tant qu'il en reste deux on est sauvés, hein ? Dis-leur que je vais le prendre, le droit de tirer, que je me contrefous de leur foutue prison. Ajoute que ce serait bien qu'ils trouvent le meurtrier de ma femme, s'ils ont cinq minutes. Et file-leur un billet, y a que ça qu'elles comprennent, ces foutues autorités.

— T'es pas dans ton état normal, Boss…

— *You're damn right.* La question, c'est pourquoi toi tu l'es ?

— Tu vas où ?

— Qu'est-ce que ça peut te foutre ? »

Harrison s'engouffra dans le 4 × 4 comme dans un tank mais la guerre attendrait. Pour l'instant, il se dirigeait vers la ville : deux heures de piste et avec un peu de chance, deux jours de gueule de bois.

« Un autre, Larry. Double.

— Mauvaise journée, hein ?

— Je ne me souviens même plus de la dernière fois où j'en ai eu une bonne. »

Larry essuyait des verres, il haussa les épaules.

« Il paraît que t'as un gamin. Et qu'vous vous entendez bien.

— Ouais. Juma.

— On m'a dit qu'il n'avait qu'un bras.

— On ne t'a pas menti.

— Qu'est-ce qui lui est arrivé ?

— Une mauvaise journée.

— À part ça ?

— OK, Larry. C'est juste que dans son pays ils mutilent les albinos et ils les vendent petit bout par petit bout. Pour la magie, ce genre de trucs.

— C'est dégueulasse.

— File-moi un paquet de clopes. Et ressers-moi, fais un peu ton boulot !

— Tous ces trucs de croyances, ça nous met vraiment dans la merde.

— Tu es pourtant catholique, Larry. Et pratiquant.

— Ouais, mais je ne vais pas à l'église pour découper des mômes. Même si y en a un ou deux que j'amputerais bien de la tête. Les fils Stevens, des crapules ces deux-là, ils vont mal finir, de la graine de criminels, crois-moi. Que de la soupe dans le crâne. Tu vois de qui je parle ?

— Non, je ne connais pas les gamins. Mais vu leur père, ça ne m'étonne pas. »

Harrison but une longue gorgée, il aimait quand l'alcool lui piquait la gorge et l'œsophage, c'était un peu comme allumer un feu pour en éteindre un autre.

« Y a un truc qui me tarabuste, dit-il en reposant son verre.

— À propos de Matthew Stevens ?

— Non. Tu vois, on a perdu pas mal de rhinos et d'éléphants cette année…

— T'es pas le seul. Dans tout le pays, les chiffres dépassent l'entendement.

— Je sais, je sais. Mais y a un truc…

— Quoi ?

— Je ne sais pas vraiment, mais j'ai vu quelque chose qui ne colle pas. J'arrive juste pas bien à savoir quoi.

— C'est pas le whisky qui va t'aider.

— J'en ai peut-être pas bu assez.

— Je mets la bouteille sur le comptoir ? Car j'ai d'autres clients, Harrison.

— Fais donc ça. »

Harrison se resservit un verre et alluma une cigarette. Il se repassa les scènes de crimes de l'année, rhinos et éléphants, et tenta de faire remonter ses souvenirs, y avait un os, il le sentait. Un truc bizarre avec les traces de pneus. Il faillit se casser les dents contre son verre quand une grande tape dans le dos le projeta en avant, sa bouche heurtant le comptoir.

« T'es vraiment con, Matt. »

Matthew Stevens partit d'un grand éclat de rire et donna quelques coups de poing bourrus et amicaux dans le biceps d'Harrison qui s'énerva :

« Arrête ça, t'as pas baisé assez de tes vaches aujourd'hui, t'as encore besoin de te défouler ?

— Je vois que Monsieur est d'humeur taquine ce soir…

— Monsieur n'a pas envie de se faire emmerder. Paye-moi un verre plutôt.

— Tu me coûtes cher.

— Estime-toi heureux de ne pas avoir à me payer de nouvelles dents. Tu m'as vraiment fait mal, ducon, dit Harrison en se frottant les incisives.

— T'étais bien songeur, tu pensais à quoi ?

— Sans doute à quelque chose avant qu'un gros type pas très subtil m'interrompe en voulant me faire commander un dentier. »

Harrison n'aimait pas trop Matthew Stevens, mais pour ce soir sa compagnie lui allait. Matt avait toujours des blagues à raconter et Harrison se sentait prêt à se changer les idées, le whisky lui montait à la tête et très vite il commença lui-même à parler fort et à ricaner pour rien.

La nuit se termina quand Larry et un de ses clients portèrent Harrison dehors et l'étendirent sans ménagement sur un banc.

« La prochaine fois, je l'sers pas.

— Tu dis toujours ça.

— Je sais, je sais, mais j'l'aime bien, ce gars. »

Trois verres cassés et un œil au beurre noir pour Matthew, voilà la fin de soirée.

« Tant qu'il cogne sur ce tocard de Stevens, j'ai pas vraiment de raison de lui en vouloir hein ?

— C'est toute cette merde avec les rhinos, les éléphants, et sa femme, ça l'a changé. »

D'un coup d'œil, Larry estima qu'Harrison était suffisamment bien installé sur le banc de bois à l'entrée de son établissement, sous la véranda, il en ferma la porte à clef et tira le rideau de fer. Il n'entendit même pas Harrison tomber à terre.

Les images au mur se figèrent sur un homme ivre mort qui se recroquevillait et recommençait aussi sec à ronfler.

« Ben dis donc, t'en tenais une belle…

— Quoi, ça ne t'est jamais arrivé de te cuiter ?

— Ne te sens pas agressé à chaque fois qu'on t'adresse la parole.

— C'est pas ça… »

Harrison paraissait soucieux, il grimaça et se pinça la peau entre ses deux sourcils.

« Le truc qui me turlupinait, il faut que je le retrouve, ça me paraît important.

— Si c'était si important, tu t'en serais souvenu quand t'étais vivant.

— Peut-être, mais…

— Moi j'ai bu de la bière une fois, les interrompit fièrement Juma.

— Tu as bu de la bière ? Quand ça ?

— Quand t'étais pas là pour me voir. J'en ai bu deux qui étaient dans ton frigo !

— Tu m'as volé de la bibine ? Chenapan ! »

Et Harrison s'approcha de Juma en souriant pour le prendre dans ses bras et lui frotter la tête.

Pearl regardait Harrison bizarrement. Elle finit par lui dire d'un ton inquiet :

« Moi, ça ne me plairait pas.

— Quoi donc ?

— De m'endormir comme toi sur ton banc. Tu n'es plus conscient de rien.

— C'est un peu le but.

— Non. Faut toujours garder un œil ouvert. Pour les prédateurs. Tu as eu de la chance. »

Harrison faillit éclater de rire mais comprit aussitôt que l'inquiétude de l'éléphante était à la hauteur de son affection.

« Tu as raison, Pearl. J'ai eu de la chance. Ça me rappelle la fois où j'ai eu la peur de ma vie avec une panthère que je n'avais même pas vue. Là aussi, j'ai eu de la chance. Plus qu'Elbow il y a sept ans. Le pauvre s'était juste éloigné pour pisser, on a entendu un grand cri, et puis tout ce qu'on a vu après être accourus c'était du sang et des traînées dans les feuilles au sol. On a tiré sur la panthère dans l'arbre, mais Elbow était déjà mort. Une tragédie.

— C'est arrivé à un petit singe juste sous mes yeux, se souvint Pearl.

— Ce n'est pas tout à fait pareil.

— Pourquoi ?

— Mais ta panthère, Harrison, les interrompit Juma, comment a-t-elle pu te faire peur si tu ne l'as même pas vue ?

— C'est une longue histoire.

— Ben, raccourcis-la, ironisa N'Dilo.

— Non, moi j'aime les histoires ! », s'écria Juma.

Mais déjà au mur les souvenirs d'Harrison étaient projetés. Il admit dans un soupir :

« J'en ai chié, cette saison-là. »

Quand Harrison ne vit pas la panthère

1979

Pleine saison des pluies et pas le moindre touriste, le camp situé à l'est près de la rivière comme une ville fantôme détrempée.

Désertes les cases rondes aux toits de chaume, vide la paillote servant habituellement de restaurant aux *guests* et fermée la cuisine, ne restait que la réserve de nourriture dans laquelle Harrison piochait des boîtes de conserve et du manioc qu'il mangeait sans faim, c'était une période qui le rendait atone, pas grand-chose à faire sinon mettre à jour ses fichiers, bouquiner des thèses d'éthologues et mater quelques revues porno importées à grands frais, réparer deux trois chaises, repeindre une chambre, boucher les trous dans les toits s'il y en avait, partir en patrouille.

Dans la réserve il avait gardé le staff minimum, les rangers reviendraient avec les touristes, et pour l'instant il était seul. C'est moche d'être seul quand il pleut.

Tous les matins à 9 heures il mettait en marche le groupe électrogène à grands coups de manivelle et allumait la radio pour savoir ce qui se passait dans les autres camps, pour papoter un peu, pour entendre une voix familière, pour prêter l'oreille à autre chose qu'aux sons de la brousse assourdis par la pluie et au foutu bruit de l'eau qui s'abattait dans les seaux qu'il avait dispersés et qui serviraient à la cuisine.

Il parvint à joindre tout le monde, sauf Elbow.

« Harrison à Elbow, Harrison à Elbow, tu me reçois ?… Qu'est-ce qu'il fout nom d'un chien… Harrison à Elbow, Harrison à Elbow, tu me reçois ? »

Deux jours plus tard, toujours sans nouvelles, Harrison décida d'aller voir ce qui se passait. Plus près que Conrad du campement d'Elbow, à moins d'une centaine de kilomètres à vol d'oiseau, cent vingt en suivant la piste qui longe la rivière, il hésita. Fallait-il prendre la pirogue ? Le Zodiac était en panne depuis deux mois et Harrison attendait toujours le nouveau moteur qu'il faisait venir d'Europe. Mais il y avait aussi une mini-moto, qui serait légère et plus facile à désembourber qu'une Land, et il se mit à sourire en caressant sa selle, ouais, elle devrait tenir la route, si la piste n'est pas trop inondée, ma foi ça devrait le faire. Un foutu Dennis Hopper de la brousse, voilà ce que je suis, *Easy Rider* sous la flotte, moins de dope, mais quelques flasques de whisky pour la route, ouais, ça va le faire.

Sous l'auvent du garage il démarra l'engin qui ronronna comme un petit chat, et il flatta la mini-moto comme une jument, ou plutôt une foutue ponette.

Il prépara matos, nourriture, vêtements, pharmacie et un bidon d'essence, arrima le tout comme il put et enfila une grosse veste en coton doublée pour se protéger des mouches tsé-tsé, dans les poches de laquelle il glissa deux flasques d'alcool. Après à peine vingt kilomètres la moto tomba en rade. *Easy Rider* mon cul.

En pirogue il faudrait sans doute une douzaine de jours aller-retour, car à l'aller, la rivière et ses méandres, il faudrait les remonter à la force des biceps, et les siens étaient en compote d'avoir poussé la moto dans la boue. Du reste, la lune serait bientôt pleine, le moment idéal pour les braconniers, pas question d'abandonner le camp si longtemps. Bon. Demain il joindrait trois de ses gars, qui mettraient deux jours pour arriver, deux garderaient le camp et le troisième l'accompagnerait à pied.

Trois jours plus tard il partit avec Domino, tous deux chargés comme des mulets et prêts pour quatre jours de marche intensive.

Domino devant lui semblait ne pas se soucier de la boue qui le ralentissait à peine, alors qu'Harrison serrait les mâchoires à chaque fois qu'il extirpait les pieds du sol gluant et s'essoufflait comme un zèbre qui aurait tenté maintes fois de ruer et de se relever malgré les griffes des lionnes qui l'auraient cloué au sol avant de planter leurs crocs dans sa trachée et de resserrer leur étau pour l'étouffer. Il se mit à regretter Londres, son métro ses taxis ses rues goudronnées, mais qu'est-ce qu'il foutait là, foutu pays, foutu métier.

Le lendemain matin il ouvrit les yeux à 5 heures, après une nuit lourde et sans rêves. Ils ne rencontrèrent que quelques girafes, cinq ou six autruches, un petit groupe d'antilopes et deux jabirus, grandes cigognes à la tête noire et au bec écarlate qui avançaient à pas comptés dans les herbes du rivage en guettant les poissons. Peu d'animaux fréquentaient la rivière, ils avaient bien assez d'eau ailleurs, Harrison n'avait donc rien à regarder pour oublier la douleur de ses pieds.

Le soir Domino dormait auprès du feu, sur un matelas de feuilles recouvert d'une bâche, tandis qu'Harrison s'en éloignait pour trouver deux arbres auxquels accrocher son hamac. Une moustiquaire, et une bâche en plastique pour la couvrir s'il se mettait à pleuvoir.

Quand il ouvrit péniblement les yeux en flairant l'odeur revigorante du café qui chauffait, Domino lui montra des traces fraîches au sol en disant calmement « Panthère ».

Les empreintes ne passaient pas loin de la couche du pisteur, et elles se poursuivaient juste sous le hamac d'Harrison avant de disparaître derrière un bosquet. Y a pas à dire, savoir qu'on aurait pu mourir avant même de s'en apercevoir, ça réveille dix fois plus qu'un clairon dans l'oreille. Soudain son estomac gargouilla, ça donne la dalle de se rendre compte qu'on est vivant.

« Vaudrait mieux quitter la piste aujourd'hui, on va avoir de l'eau jusqu'aux genoux. C'est seulement mon avis », dit Domino qui répétait ça à tout bout de champ, « c'est seulement mon avis », ce qui avait le don d'énerver Harrison. Il disait par exemple : « Faudrait tuer ce cobe de Buffon, on a besoin de forces. C'est seulement mon avis. » Et Harrison épaulait sa Winchester 30 × 30, quelques instants plus tard la grande antilope était dépecée et deux morceaux, un filet et une cuisse, rôtissaient sur le feu. Le reste était laissé aux charognards, pas besoin de poids supplémentaire, ils étaient déjà chargés comme des mulets. Ou alors : « Tu devrais te tailler un bâton, c'est seulement mon avis », et Harrison sortait son couteau et se taillait une canne, car il commençait à boiter, une douleur à la jambe droite qui enflait comme un gros crapaud et lui faisait oublier les plaies sur ses pieds en sang.

« Domino ?

— Oui.

— Tu devrais arrêter de dire "c'est seulement mon avis".

— Oui, mais c'est toi le patron. C'est pour ça que je dis que c'est seulement mon avis. »

Harrison secoua la tête en levant les yeux au ciel puis sortit carte et boussole, et les deux hommes suivirent parmi les hautes herbes les sentiers tracés par les animaux en faisant du bruit pour éloigner les serpents ou tout félin qui y aurait été tapi.

Au matin du cinquième jour ils aperçurent enfin le plateau sur lequel était construit le camp constitué de plusieurs maisons en dur construites par Carter Père pour accueillir les riches chasseurs de toutes nationalités. Ils trouvèrent le chemin qui les mènerait en haut de la falaise et arrivèrent assoiffés, pas de cours d'eau sur le vaste plateau, alors ils cherchèrent des creux dans des rochers de grès qui auraient retenu la pluie. Ils balayèrent de la main les lentilles d'eau qui couvraient la surface et ils burent et c'était presque frais. Dans quatre heures ils toucheraient au but. Pourvu qu'Elbow aille bien.

Il allait bien. Il se prélassait dans un hamac.

Harrison avança le plus nonchalamment qu'il put, tout en sueur et en crasse qu'il était et boitant salement. Il prit une grande inspiration et d'une voix faussement calme il salua son garde :

« Tout va bien ici ?

— Ça va.

— Pas de traces de braconniers dans le coin ?

— Pas que je sache.

— Tu as assez de provisions ?

— Oui.

— Bien. Bien bien. Bon, on va te laisser alors. »

Il fit mine de partir mais se ravisa en se frappant le front.

« Au fait, et la radio, ça va ?

— Pas trop, non.

— Ah. Elle est en panne ?

— Non, je ne crois pas.

— Bien. Bien bien. »

Harrison prit le temps de sourire avant de se mettre à hurler :

« Alors, pourquoi diable tu ne réponds pas quand je t'appelle, abruti ?! Le hamac est trop loin de la foutue radio, c'est ça ? T'as du mal à bouger ton cul de feignasse ? Dis-moi à quoi je te paye hein, dis-le-moi, c'est pourtant pas difficile de répondre aux appels, tu sais combien j'en ai chié pour arriver jusqu'ici pendant que tu faisais la sieste, hein, tu sais combien j'en ai chié avec mes foutus panards et ma jambe démissionnaire ? T'en as pas la moindre foutue idée, ouais !

— C'est le groupe électrogène qui est en panne.

— Quoi ?

— Le groupe électrogène, répéta calmement le garde comme s'il s'adressait à un enfant. Il est en panne. Et la batterie de la Land est morte.

— OK. Tu as essayé de le réparer ?

— Non.

— Comment ça, non ?

— Je ne sais pas faire ça. »

Un lion rugit au loin. Harrison hocha la tête et se laissa tomber sur le perron, sa jambe le lançait comme jamais, il entreprit de dénouer ses lacets et d'ôter précautionneusement chaussures et chaussettes pour libérer ses pieds blessés. Tout en inspectant ses plaies, il dit en soupirant :

« Et bien sûr tu n'as pas pensé à venir me prévenir...

— J'ai pensé qu'il valait mieux ne pas bouger. Si je l'avais fait on se serait loupés, pas vrai ? Et puis tu n'aurais pas aimé que je laisse le camp. »

Il avait raison, une chance sur mille pour qu'ils se soient rencontrés dans la brousse, vu qu'aucun d'eux n'aurait suivi la piste. Merde.

Il était moulu et soudain sans forces. « Prépare-nous à manger, Elbow, je réparerai le groupe après. » Il se laissa couler dans le hamac qui venait de se libérer, pour s'y endormir comme on meurt.

Le lendemain les trois hommes entreprirent de construire un radeau. Quatre touques vides de deux cents litres chacune furent assemblées à l'aide de gros fil de fer à des traverses composées de troncs. Le plancher serait en bambou, et un abri recouvert d'une bâche occuperait l'arrière de l'embarcation, tandis que sur une tôle ils pourraient faire un petit feu et cuisiner.

« Harrison à camp n° 1, Harrison à camp n° 1, vous me recevez ?

— Cinq sur cinq.

— Tout se passe bien chez vous ?

— RAS.

— Bon. On devrait arriver d'ici quatre jours.

— *Copy that.*

— Elbow, la batterie de la Land est chargée ?

— Oui.

— OK, on cale le matos et on se casse. »

Arrivés au pont ils finirent d'assembler le radeau et Elbow regarda partir Harrison et Domino qui maintenaient l'embarcation au milieu du courant à l'aide de perches en bambou, en se disant que vu les méandres de la rivière, ils en auraient sans doute pour plus de quatre jours. Harrison était toujours trop optimiste, c'était bien un truc de Blancs ça, l'impatience.

Ils croisèrent un cobe defassa, immobile dans les hautes herbes inondées de la plaine, une grosse blessure à la cuisse sans doute faite par une lionne et dont il devait tenter de calmer la douleur à la fraîcheur de l'eau. La grande antilope s'effondra au premier tir.

Harrison rangea la carabine, les deux hommes tentèrent de diriger le radeau vers l'animal mais le courant les faisait dériver alors Domino se mit à l'eau avec une corde et arrima le radeau, puis traîna l'antilope. La bête flottait, ce n'était pas dur de la ramener vers l'embarcation, par contre il était impossible de la hisser sur le radeau, cent quatre-vingts kilos de viande, hors de question. Harrison se laissa glisser dans la rivière et avec son pisteur il découpa l'animal dans l'eau qui se teintait de rouge comme si on y avait perdu une bouteille de merlot.

À midi ce fut un vrai festin, brochettes de cœur et foie et aussi quelques filets. Quant au reste de la viande, il serait boucané. « Pas un seul resto au monde où l'on mange aussi bien. » Harrison rota en se frottant la panse puis il éteignit le feu et laissa Domino remettre le radeau dans le courant.

Souriants, ils quittèrent l'ombre de la rive et reprirent leur route, Harrison n'était même plus aussi impatient d'atteindre le campement, sauf pour les pansements et le désinfectant, car il était à court.

Quand au bout de cinq jours ils atteignirent enfin le camp, la nouvelle le frappa comme une charge de rhino :

« On doit partir, patron.

— Pourquoi ?

— Il faut qu'on aille protéger nos familles.

— Protéger vos familles ? Qu'est-ce qui se passe, nom de Dieu ?

— Les rebelles, patron. Ils sont en marche. »

La radio l'avait annoncé. Dans le nord-est du pays une faction armée prenait le contrôle des zones minières. Harrison se maudit de penser qu'il y aurait moins de touristes cette année. Sans un mot il se dirigea vers l'armurerie, prit quelques fusils qu'il donna à ses hommes. « Vos machettes ne suffiront pas. »

Il les regarda s'éloigner sous la pluie, trottinant dans la boue, les armes dans le dos, tout en se demandant s'il ne serait pas plus sage de rentrer en Angleterre pour quelque temps.

Au mur les images se figèrent sur deux ombres disparaissant sous le déluge. Harrison fixa N'Dilo.

« Tu ne dis rien ?

— Pourquoi veux-tu qu'il dise quelque chose ? demanda Pearl.

— Devinez comment le chef des rebelles se faisait appeler ? Tu leur dis ou je leur dis ?

— Fais ce que tu veux. Pour ce que ça change…

— M'Banko D-Day. L'homme qu'il a rencontré en prison en 1970.

— Et alors ?

— Alors, je suppose que N'Dilo est resté en contact avec cet homme, et que non seulement il a braconné l'or blanc pour lui, mais qu'il a aussi pris part à la guerre civile de 1979. Il n'était pas un simple milicien. Je me trompe ?

— Non.

— C'était quoi ton rôle ? Structurer une zone militaire dans le pays voisin ? alimenter le mouvement armé avec l'aide internationale offerte aux réfugiés ? gérer les importations d'armes ? Qui fournissait les armes cette fois ? La Russie ? la Lybie ? Qui les acheminait jusqu'ici ? Toi ? Il s'est passé beaucoup de temps entre ta sortie de prison et le début de la guérilla, alors tu ne devais pas être en bas de l'échelle, tu faisais quoi ?

— Je recrutais des jeunes pour les milices.

— Ça ne devait pas être un job très compliqué. Faudrait être demeuré pour ne pas réussir à les convaincre, vu le contexte de chômage et d'exclusion dans ces années-là.

— Il faut quand même leur faire oublier qu'ils peuvent mourir. Une arme, ça tue plus vite qu'une saison sèche.

— Et t'étais le gars en charge ?

— Oui. Parce que j'avais l'air doux. »

N'Dilo décrocha un grand sourire angélique à Harrison. Il se moquait ouvertement de lui mais c'était vrai, N'Dilo avait toujours gardé un visage de poupon malgré son corps musclé et noueux, et même plus vieux, même à quarante-neuf ans, quand Harrison avait tiré sur lui, il avait vu s'effondrer un gamin et ça lui avait presque fait de la peine alors que lui-même agonisait.

« OK, donc tu es resté dans le pays à recruter des mômes.

— C'étaient des hommes. Pas des mômes, Harrison. Du recrutement, ni plus ni moins.

— OK. Mais on ne recrute pas des miliciens pendant six mois. Tu t'es tourné les pouces ?

— J'avais une autre activité.

— C'est vrai que c'est plus facile d'acheminer l'ivoire quand on contrôle une région et qu'on est en passe de prendre le pays.

— Qu'est-ce que l'ivoire vient faire dans l'histoire ? »

Juma posait la question avec autant de détachement curieux qu'un élève demandant à son professeur de lui expliquer pourquoi il s'est trompé dans sa soustraction.

« Juma, je vais t'expliquer ce qu'est une rébellion. Et quels en sont les financements...

— Ouais, et moi après je vais t'expliquer ce qu'est une dictature et un peuple qui crève de faim.

— Si tu veux. Et tu lui expliqueras aussi combien d'hommes de femmes et d'enfants sont morts à cause de vous, combien ont fui le pays pour s'entasser dans des camps insalubres, et combien d'autres ont été rendus à l'état d'esclaves par les miliciens pour que l'argent du sous-sol entre directement dans les poches de quelques-uns. Tu lui expliqueras, hein ? Qu'il comprenne bien à quel point les guerres civiles sont bonnes pour le peuple.

— Et toi tu lui expliqueras quel genre de types vous avez placés au pouvoir quand vous êtes partis, et aussi qui a engendré les premiers conflits territoriaux, hein ? Qui a découpé l'Afrique comme un zébu sans se soucier de l'après, hein ? Un filet avec une côte et un jarret avec une tête. Y avait pas d'après pour vous, personne ne s'est demandé ce que ça ferait quand tout le monde voudrait remettre les morceaux à la bonne place.

— Je ne te parle pas de guerre territoriale là, je te parle de guerre d'intérêt. Vous vouliez les mines, vous les avez eues, dans le sang. Je te parle de 79 là, ne me prends par pour un con en me vomissant la colonisation au visage.

— Y a pourtant toujours un Blanc qui tire les ficelles. On les vend à qui, les ressources ? Celui qui nous arme, c'est celui qui en voudra le meilleur prix, ou le monopole. Je vais te dire le fond de ma pensée Harrison : la rébellion, t'en as rien eu à foutre. Même si tu essaies de nous faire croire que ta patrie elle est ici, que t'aimes cette terre et que tu vibres au rythme de ses saisons et de ses hommes, ton compte en banque n'est pas ici, tu t'intéresses à *ton* business, à *tes* éléphants, à *ta* vie, à *ta* femme. Tu ne tuerais pas un type qui a tué une centaine de ses semblables, mais tu as toujours voulu shooter celui qui s'en prenait à ce que tu avais de plus cher. Ce n'est pas la mort des autres qui te touche. Tu n'as mal que lorsque ton propre monde s'effondre.

— Faux. J'ai mal quand je vous vois vous entre-tuer.

— Ce ne sont pas les morts qui te dérangent, c'est une certaine notion de l'humain. Je suis même sûr que tu penses qu'on ne mérite pas tous de faire partie de cette espèce. Avec les animaux ton mode de pensée est en sécurité. Un lion fonctionne toujours de la même façon. Les gnous fonctionnent tous de la même façon. Les guépards, les girafes, tous les mêmes. Les éléphants, tous les mêmes, même s'il y en a une qui t'amène son petit, tous les mêmes. Ils se lèvent pareil, ils bouffent pareil, y a pas de lézard, ils sont de la même espèce parce qu'ils agissent globalement de la même façon depuis des millénaires. Mais ce que tu oublies, c'est que les cynocéphales se mettent à bouffer de la bidoche à la saison sèche, que les hippos commencent à attaquer les gnous lors des grandes migrations, à les noyer et à les dévorer parce qu'ils en ont assez de partager leur bout de rivière, que les buffles combattent les rhinos quand ils veulent récupérer leur territoire. Alors quoi ? Si t'es dégoûté de l'humain, appelle-le autrement : on a deux jambes, deux bras, et chacun d'entre nous est capable d'appuyer sur une gâchette. Tu devrais cesser de penser que notre espèce est censée être mieux que les autres. Toi quand tu as agrandi la réserve, tu as viré les populations des terres sur lesquelles elles avaient vécu depuis toujours. Elles ont été relocalisées, elles sont sédentarisées, elles n'ont plus d'âme, elles sont perdues, Tu les as tuées. Seulement y a pas de cadavres, ou alors tu ne peux pas les voir. Alors quoi, la fin justifiait les moyens ? Pourquoi moi je serais un barbare, et toi celui qui mériterait ses galons d'humain tout simplement parce que t'as payé le gouvernement pour qu'il donne son accord ? Car tu l'as payé, non ? Alors, arrête tes foutues comparaisons. La seule chose qui t'intéresse c'est ce qui se passe dans ta réserve. La rébellion, tu t'en fous à moitié. Alors fous-t'en complètement et au moins sois honnête.

— L'honnêteté peut souffrir les nuances.

— Non, tu choisis ton camp. Et après tu fais ce qu'il y a à faire. Tu avances. Car les doutes te tuent. Crois-moi sur parole.

— Comme si t'en avais déjà eu, des doutes. »

N'Dilo s'immobilisa. Puis lentement ôta sa chemise. Pour que tous puissent voir les cicatrices boursouflées, grotesques et hideuses qui remplaçaient sa peau. « Quand tu m'es tombé dessus, je ne braconnais pas dans ta réserve, ce n'était plus mon terrain de jeux depuis bien longtemps. J'ai pas été très loin du haut de l'échelle, c'est vrai, mais quand je suis tombé, j'ai compris que les doutes, c'était bon pour les crétins. »

Pearl approcha sa trompe pour palper les larges balafres mais N'Dilo s'esquiva et remit sa chemise avec rage. Parfois c'est tellement humiliant de devoir prouver qu'on n'est pas celui qu'on pensait.

« Tu ne m'auras pas avec ça. On ne peut pas avoir d'états d'âme quand on n'a pas d'âme. Et si tu veux savoir le fond de ma pensée, tu ne l'as pas volé.

— Je me contrefous du fond de ta pensée, Harrison.

— Que s'est-il passé ? demanda doucement Juma.

— Rien de bien grave.

— Quand même, ton dos…

— Rien de bien grave, je te dis. Au moins M'Banko m'aura laissé en vie. »

Au mur apparurent les images d'un homme torse nu en fouettant un autre, dont les poignets étaient encordés et attachés au tronc d'un arbre et dont le dos était en charpie, des morceaux de chair maculant le nerf de bœuf à chaque fois que le bourreau relevait le bras.

Un titre apparut, que N'Dilo lut rapidement avant de baisser la tête.

Quand N'Dilo fut déchu

1995

Il n'avait jamais bronché, jamais trahi, jamais failli, c'est ce à quoi il pensait alors qu'on le fouettait.

Dès 1972 il avait braconné pour M'Banko des défenses, des cornes de rhinos, des queues de girafes, des peaux, des oiseaux, tout ce qui rapportait du fric et n'en coûtait pas beaucoup, et y avait pas à dire, même lui percevait qu'il était plus malin que les autres. Il avait un don pour la traque, un autre pour l'organisation, on l'appelait « la Machine ».

Sans jamais se départir de son calme il menait ses hommes là où personne ne serait allé, il décodait si bien la nature que les éléphants, il les trouvait là où des gardes confirmés et habitués à la géographie de tel parc national ou de telle réserve n'auraient pas pu les débusquer. Il avait l'instinct. Un sixième sens qui faisait que dans son équipe, tout le monde avait confiance : jamais personne n'était mort, jamais personne n'avait été arrêté, jamais aucun camion ne s'était fait prendre même dans des zones que M'Banko ne contrôlait pas, et plus tard, quand N'Dilo tombait sur le mauvais douanier, celui qui n'était pas à la botte d'Untel ou d'un autre, les tampons sur les papiers étaient les bons. Et le business continuait.

Il n'était pas une brute, il s'en sortait le plus souvent en parlant et en souriant, et si certains parmi ses gars auraient préféré des menaces aux longues palabres, tout le monde le respectait. Quant à ceux qui ne le faisaient pas de gaîté de cœur, ils y étaient obligés parce que N'Dilo était le protégé de M'Banko, et ça, tout le monde le savait.

M'Banko l'avait adopté. Il l'avait adopté bien avant de le tester et sans même s'en rendre compte, comme il avait un jour ouvert sa portière et fait monter un chien apeuré que le bruit des détonations rendait dingue. Le chien s'était lové entre ses pieds en gémissant, et M'Banko avait continué à regarder brûler le village de l'homme qui l'avait donné à la police et ses habitants se faire massacrer à coups de machettes ou de semi-automatiques. Et il rassurait le chien en se curant les dents. Depuis ce jour-là le clébard le suivait partout. Le soir même, dans son QG provisoire, il dit à ses hommes en flattant l'animal que ce chien était son frère : « Mon frère. L'âme de mon frère mort est dans ce chien, vous m'entendez ? Ce qui fait que moi et lui sommes liés. Vous pigez ce qui arrivera à quiconque touche à ce chien ? »

Ses hommes acquiescèrent. L'un d'eux lui demanda en ouvrant une bière :

« Comment tu vas l'appeler, D-Day ?

— Je ne sais pas encore.

— Tu devrais l'appeler comme ton frère. »

M'Banko fixa le gars dans un étrange sourire, puis il se mit à rire franchement et à hoqueter et à se tenir les côtes, avant de parvenir à dire en secouant son corps immense et en se tapant sur les cuisses « Mais c'est un chien ! » Tous s'esclaffèrent et la fête continua parce qu'une tuerie, ça se célèbre. Et qu'ils avaient ramené avec eux quelques femmes du petit village qui finissait de se consumer.

Le lendemain un homme manquait à l'appel.

« M'Banko, on ne trouve pas Gasana.

— Vraiment ? »

M'Banko jeta sa cigarette et l'écrasa avec lenteur.

« C'est qu'il doit avoir rejoint mon frère. »

Il siffla le chien.

« Carnage, on y va. »

Et l'animal sauta dans la voiture.

Le chien était mort quatre ans plus tard, d'une balle dans la tête après qu'il eut grogné sur M'Banko alors que tous deux jouaient à qui gagnerait l'os.

« Putain de clebs. Plus ingrat qu'une hyène. »

N'Dilo avait été adopté comme ce chien, et tant qu'il ne grognerait pas, il n'aurait pas de souci à se faire.

Les rumeurs allaient bon train :

« Il lui a sauvé la vie, c'est sûr.

— Qui ?

— N'Dilo. Il a dû sauver la mise à M'Banko.

— Personne ne sauve la mise à M'Banko. M'Banko n'est jamais en danger.

— Peut-être, mais tu l'as déjà vu agir comme ça avec un gars ?

— J'en sais rien, mais je me méfie de l'un comme de l'autre.

— Moi je suis content de bosser avec N'Dilo. Y a pas d'entourloupe, ce gars-là il sent tout avant tout le monde.

— Ça veut pas dire que si un jour il se trompe, il assurera tes arrières. Ce mec est à moitié anglais. »

Nombreux étaient ceux qui croyaient que la Machine avait fait des études en Europe, parce qu'il se posait là, calme, le fusil dans le dos, qu'il s'exprimait bien, et que certains l'avaient vu traiter avec des Blancs et se faire féliciter pour son anglais, même si parfois c'étaient des Russes, des Chinois ou des Français. Alors un soir avec quelques gars dans un hôtel de la capitale N'Dilo avait ironisé : « Ça sert d'avoir été à Oxford ! » Depuis ce jour la rumeur s'était étendue que le protégé de M'Banko avait étudié en Angleterre, ça expliquait bien des choses. Et N'Dilo se convainquit encore qu'il était vraiment bien plus malin qu'eux tous.

Depuis ce jour-là, il ne les considéra plus jamais comme des hommes, mais comme des subordonnés, de simples pions, même s'il ne changeait rien à son attitude. Mais certains jours ça lui faisait mal de savoir qu'il n'aimerait plus jamais personne, que tout semblait s'être terminé avec la mort d'Amin en prison.

Un soir, alors qu'ils faisaient un feu, Amin avait dit à N'Dilo : « Je sais que tu es plus intelligent que moi, tu l'as toujours été, mais ça ne me dérange pas. Parce que quand on se serre la main, ça ne fait pas de différence. »

C'était vrai, N'Dilo aurait protégé Amin envers et contre tout. Et pour Amin qui à dix-sept ans était l'aîné d'une fratrie de neuf, courir la brousse avec N'Dilo était aussi rafraîchissant qu'un vent de liberté. Chacun à sa manière remplissait le manque de l'autre, et ils formaient une petite famille rien qu'à eux deux. Un jour N'Dilo avait décoché une flèche à un python qu'il n'avait pas vu mais les herbes avaient bougé drôlement près d'Amin et ça suffisait. Il avait achevé à la machette le serpent qui se tortillait.

« Ça se mange ça ?

— Oui, mais on n'a pas le temps, on prend juste la peau. »

Cinq mètres de long, la bête. Un autre jour ils s'étaient tous les deux pissé dessus en échappant à une charge d'éléphant en musth : le pachyderme s'était arrêté quelques mètres devant N'Dilo qui, les bras écartés, s'était précipité pour protéger son ami. Amin aurait fait la même chose, si seulement il y avait pensé. Mais il était en retard sur tout, ce qui ne changeait rien aux sentiments : les sentiments, eux, ils sont toujours à l'heure.

Sauf à la pendule d'une prison dans laquelle on n'aurait jamais dû aller.

Si N'Dilo semblait prendre soin de ses gars, ce n'était pas parce qu'il tenait à eux. Mais parce qu'il était plus simple de les garder en vie que d'avoir à monter une autre équipe. M'Banko lui avait donné sa confiance, ce qui était très rare. La Machine, on l'appelait. Et maintenant la Machine se faisait fouetter jusqu'aux os et attendait de s'évanouir. N'Dilo savait pour l'avoir déjà vu qu'on s'évanouit toujours quand les coups sont bien portés, la nature est comme ça.

Il n'avait jamais bronché, jamais trahi, jamais failli. Mais il n'avait jamais eu le goût du sang. Il avait toujours passé plus de temps dans la brousse que dans les zones peuplées et la compagnie des hommes souvent le dérangeait, à moins qu'il n'ait quelque chose à y gagner. N'Dilo était un solitaire. Qui pouvait donner le change et se fondre dans la masse tout simplement parce qu'il s'en fichait, et qu'il savait qu'il retournerait dans la nature.

Mais M'Banko avait une autre idée en tête :

« Je t'emmène voir les mines. On les regardera de haut, tu verras comme c'est beau, toute la zone est à nous, jusqu'à loin derrière les collines. »

La voiture slalomait entre les corps des soldats des troupes gouvernementales et ceux des civils, les rebelles levaient leurs fusils et tiraient en l'air au passage de leur chef. « Ce sont ceux que tu as recrutés. Joli boulot, N'Dilo. » De jeunes hommes en sang achevaient de couper leurs semblables encore vivants à la machette parce que les balles sont précieuses. Plus loin, une dizaine de soldats finissaient de brûler un village quand M'Banko demanda à son chauffeur de s'arrêter. Ses quatre gardes descendirent de l'arrière de la Jeep pour se poster derrière D-Day, qui titilla nonchalamment du pied le flanc d'une femme dans le dos de laquelle un bébé était maintenu par un pagne. La femme gémit, M'Banko continua son chemin.

Trois hommes fumaient près d'une case, assis sur des rondins, qui se levèrent à son arrivée.

« Il y a là-bas quelqu'un qui est toujours en vie. Elle est en vie, hein N'Dilo ?

— Oui.

— Y a son bébé qui dort sur elle. Dans un pagne turquoise. Vous la voyez ? »

Les gars jetèrent leur cigarette et se levèrent, mais quand l'un d'eux brandit sa lame au-dessus du cou de la femme, M'Banko l'arrêta en criant « Non ». Puis continua d'une voix normale : « Non. Le bébé d'abord. »

Le nourrisson fut coupé en deux dans le dos de sa mère enterrée vivante avec lui. M'Banko dit tranquillement à ses hommes :

« Un boulot, ça se termine. »

N'Dilo regarda la scène sans broncher.

Plus tard, M'Banko ouvrit une bouteille de whisky et ils trinquèrent ensemble à la victoire.

« Qu'est-ce que tu penses de cette journée N'Dilo ?

— Je dirais que ce n'était pas une bonne journée pour tout le monde. »

Ça pouvait avoir deux sens, mais M'Banko ne sembla pas s'en soucier, il avait le blanc des yeux injecté et les gestes maladroits, l'alcool lui montait à la tête. Il ouvrit une deuxième bouteille en s'esclaffant :

« Pas une bonne journée pour tout le monde, je vais la ressortir celle-là ! Allez, trinque avec moi. »

Et N'Dilo trinqua.

« Dans trois jours tout au plus on contrôlera complètement la région. Après j'ai d'autres projets, et je te veux avec moi. Finie la brousse. Tu n'as pas de passé militaire comme moi, mais tu seras mon bras droit. T'es un malin N'Dilo, je l'ai su dès que je t'ai vu.

— Je suis plus malin quand il s'agit d'ivoire.

— Écoutez-le, on lui propose le monde et il préfère ses chiottes ! L'ivoire, tout le monde peut s'en charger.

— Vrai. Mais dans ce cas-là tu perdras une cargaison sur deux. J'ai pas de problème avec ça.

— Moi non plus. Je trouverai des gars. »

M'Banko n'était pas du genre à s'asseoir sur une ressource ni à imaginer perdre de l'argent, et depuis que N'Dilo était en charge du trafic il en gagnait beaucoup plus qu'avant car le type était intelligent, mais les mecs intelligents, il valait mieux les avoir à portée d'uppercut.

Il n'avait jamais bronché, jamais trahi, jamais failli, réussissait-il encore à penser alors que son corps criait à son cerveau de lâcher prise et de tomber dans les vapes.

L'homme qui tenait le fouet s'épuisait, oui le bourreau se lassait, c'est comme ça, l'adrénaline retombe et les gestes deviennent machinaux et on se lasse. Encore un coup de fouet, encore un, et encore un. Il attendait que M'Banko le stoppe, il irait prendre une bière avec les copains, il fumerait et peut-être qu'ils iraient dans un bordel après, ils n'étaient pas loin des faubourgs de la ville et les chattes il pouvait les sentir d'ici. Mais M'Banko ne semblait pas vouloir qu'il arrête. Adossé à son pick-up il lisait tranquillement un magazine, humectant longuement ses doigts avant d'en tourner les pages, un magazine porno avec des femmes blanches, noires, asiatiques, dans toutes les positions.

N'Dilo n'avait jamais bronché, jamais trahi, jamais failli.

Il s'était mis à prendre l'avion, des zincs privés ou réguliers, et à chaque décollage il se collait au hublot et il regardait sa terre comme s'il la regrettait déjà. Affalé à jouer aux cartes parmi des cargaisons d'armes ou d'ivoire ou d'autres choses, ou confortablement installé sur son siège avec une belle hôtesse lui proposant un verre de ses yeux doux, il savait qu'en dessous de lui la brousse et les forêts palpitaient. Il s'était mis à porter un costume et à rencontrer des intermédiaires dans des suites de grands hôtels, ou des ministres et des diplomates dans des endroits plus discrets. Un sourire, une poignée de main et du business, des mallettes, du fric, des diamants et des pactes. Et de nouveau une poignée de main et au revoir. Il appelait M'Banko pour lui dire « C'est fait » quand ce dernier ne l'accompagnait pas, d'ailleurs il ne l'accompagnait plus beaucoup, la montagne de muscles s'était empâtée et restait le plus souvent dans sa grande villa, et de là déléguait. Une caisse de whisky sur la table et dans la piscine des filles nues aux yeux de panthère. Un chef de guerre devenu pépère, se prélassant en pagne et en montre en or.

« Il faudra bien que tu fasses quelque chose de ton argent un jour, N'Dilo. Tu sais que je l'ai mis à l'abri pour toi.

— Garde-le pour l'instant.

— Tu ne sais pas quoi en faire ? Regarde. »

D-Day balaya l'immense pièce de la main.

« C'est pourtant pas bien compliqué !

— Ça me servirait à quoi d'avoir tout ça ? Je ne suis jamais là. »

N'Dilo avait presque quarante-cinq ans, depuis vingt-trois ans il travaillait plus ou moins pour D-Day, et tous les deux certains soirs ils se demandaient encore comment ils avaient fait pour rester en vie, pour rester libres, alors ils trinquaient aux ancêtres qui prenaient si bien soin d'eux et M'Banko se plaignait, car c'était moins drôle maintenant. Le pays avait fini par se stabiliser, on pouvait toujours faire des affaires mais y avait moins d'action, c'était sûr, et N'Dilo regardait la bedaine de D-Day vibrer comme de la gélatine quand il riait en disant : « Des bandits en pantoufles, voilà ce qu'on est. Sauf que nos pantoufles elles sont en or. »

N'Dilo n'avait jamais bronché, jamais trahi, jamais failli, pensait-il alors qu'on le détachait et qu'il tombait au sol. Jamais. Sauf la veille.

M'Banko aimait les femmes. Il avait ses propres épouses et ses enfants, dans une villa de la capitale, et puis il avait d'autres villas, dans d'autres villes, des villas à business, à potes et à putes. Des endroits sans bambins courant partout. Des endroits où ses cinq femmes ne le faisaient pas chier.

Cette villa-ci était perchée sur une colline et elle comprenait trois piscines, dont une vide où traînait un cadavre de guépard. M'Banko avait un jour rendu visite à un haut fonctionnaire qui lui avait dit que le Président avait un lion dans une piscine vide, depuis, il avait toujours rêvé d'avoir un félin, surtout que c'était beau à voir, une bête sauvage qui fait les cent pas dans un trou de béton. Il s'était retrouvé avec un guépard, un bel animal dont la robe se mouvait comme celle d'une femme sous le soleil. Mais un guépard ne supporte pas la captivité de la même façon qu'un lion, l'animal devint vite atone et quand bien même on lui offrait un humain il se recroquevillait dans un coin et feulait comme un chat apeuré, « Bon à rien. Et il me coûte en bidoche », alors il l'avait laissé crever. Son cadavre finissait de se décomposer parmi quelques merdes desséchées.

« Je prends même pas la peau, elle n'en vaut pas la peine. »

N'Dilo avait lancé un regard triste au guépard, puis il avait enlevé sa chemise et il s'apprêtait à descendre dans la piscine quand M'Banko rugit :

« Qu'est-ce que tu fais ?

— Tu ne vas pas le garder éternellement, si ?

— C'est mon affaire. C'est chez moi ici, où tu te crois ? Viens par là, j'ai des choses à te dire. »

Il y avait un nouvel importateur d'ivoire en Asie, un gus du gouvernement qui ne voulait pas passer par les intermédiaires traditionnels : « Il veut des gars à lui, donc il faut que tu me trouves une nouvelle route d'acheminement via un port, où tu veux, c'est toi qui choisis, mais ça ne doit pas arriver à Bangkok. J'ai déjà dit à son contact qu'il n'y aurait aucun problème. Le type a des gus partout ici, tu rencontres un attaché culturel à l'ambassade demain. » M'Banko se mit à rire de bon cœur.

« Autres temps, autres mœurs… Bref, ils veulent aussi des cornes de rhino, un max, ajouta-t-il avant de tendre un papier à N'Dilo. OK ?

— OK.

— Parfait. Bon, je vais me décrasser un peu avec une jeune tigresse. J'en ai une pour toi aussi, elle t'attend dans la chambre bleue. »

Et M'Banko fit tomber son pagne avant même d'ouvrir la porte derrière laquelle la fille l'attendait.

N'Dilo n'avait pas envie de baiser, mais il ouvrit la porte de la chambre et ondula avec la fille, sans pouvoir s'empêcher de penser au guépard. Il laissait la jeune gazelle lui câliner le torse et l'embrasser quand ils entendirent les premiers cris. La fille sursauta.

« C'est un jeu, ne t'inquiète pas », dit-il en lui caressant les cheveux, ils étaient tressés d'une jolie façon avec des arabesques sur le crâne qu'il suivait tranquillement du doigt en pensant à Hélia. Son port d'attache. Car une femme il en avait une, bien que personne ne le sache. Et quatre enfants qui allaient à l'école.

« Ce n'est pas un jeu », dit la fille en se redressant, et il put lire la panique dans ses yeux en amande.

Les cris provenaient de la chambre dans laquelle M'Banko était entré et sonnaient comme ceux d'un babouin qu'on égorge. Il se redressa, la fille le poussa hors du lit et lui dit : « Va voir. C'est mon amie, va voir. » À la seconde où il se leva, il sut qu'il commettait une erreur.

Les deux gardes dans le salon jouaient aux dominos.

« Qu'est-ce qui se passe là-dedans ? »

Ils levèrent la tête, surpris.

« Quoi, qu'est-ce qui se passe ?

— C'est pas un truc normal ça.

— Y a jamais rien de normal avec D-Day. »

Et ils reprirent leur partie.

La fille aux jolies tresses se tenait dans l'embrasure, nue et haletante, elle s'agrippait au mur sans cesser de fixer N'Dilo, alors il se dirigea vers les cris et frappa à la porte. M'Banko cria qu'on lui foute la paix et les hurlements reprirent. N'Dilo resta un bon moment à regarder ses pieds, la main sur la poignée. Il finit par la tourner.

Quelques instants plus tard les deux jeunes femmes s'enfuyaient de la villa, celle aux tresses soutenant sa copine qui laissait des traînées rouges sur le sol en marbre. M'Banko pissait du nez qu'il se pinçait en grommelant, et il dit d'une voix nasillarde à ses gardes d'attraper cet abruti et de le foutre dans le pick-up. N'Dilo ne se débattit même pas.

En le poussant, entravé, à l'arrière du véhicule, un des hommes lui dit : « T'es cuit, la Machine. T'es cuit », et il lui décocha un grand sourire en le forçant à s'asseoir. Il n'avait aucune raison de se réjouir, mais à la fin d'un règne, c'est comme ça, on applaudit. Voir tomber les chefs ressemble toujours à une revanche. L'autre homme, plus jeune, regardait ailleurs.

« Et toi, tu ne dis rien ? » lui demanda N'Dilo. Mais le jeune gars se borna à hausser les épaules, avant de sortir ses lunettes de soleil.

Avant de donner l'ordre de le fouetter, M'Banko le laissa un bon moment ligoté à l'arbre. Il avait revêtu un costume pâle et ses yeux déjà gonflés ressemblaient à des culs de singe, sauf qu'ils n'étaient pas roses.

« Toutes ces années hein. Toutes ces années et voilà que tu me cognes pour une pute. »

N'Dilo pensa qu'il fallait parfois trop de temps avant que le dégoût ne prenne véritablement le dessus.

M'Banko tendit un nerf de bœuf à ses gars et le plus âgé, celui qui souriait, s'en empara et se mit à fouetter N'Dilo, qui ne put s'empêcher de hurler.

Ce qui lui sembla être des jours plus tard, M'Banko donna l'ordre à son garde d'arrêter et s'approcha de N'Dilo pour lui dire à l'oreille : « Quant à ton fric, *bye bye*. Mais t'aurais pas besoin de fric si t'étais mort, pas vrai ? », puis il descendit sa braguette et lui pissa sur le dos.

À ses hommes il ordonna :

« Détachez-le.

— On le laisse en vie ?

— S'il s'était évanoui, je l'aurais achevé moi-même. Mais ce n'est pas le cas. On s'en va. »

En montant dans le pick-up, il cria :

« Tu sais pourquoi je ne tue pas ! Tu le sais, hein ?! »

Puis le véhicule démarra, juste un bruit de moteur, et de la poussière.

Oui, N'Dilo savait pourquoi il était en vie. M'Banko lui rendait sa liberté. Parce que, malgré tout, il continuait à croire qu'un jour, ils avaient été amis.

Il n'avait jamais bronché, jamais trahi, jamais failli, sauf la veille pour sauver la fille. Mais de l'argent, il en avait mis de côté. Et maintenant il pouvait aller retrouver Hélia. Elle travaillait à l'hôpital. Il aurait une vie tranquille. Il monterait un business, il accompagnerait ses garçons à l'école parfois, et personne ne manquerait de rien.

Au mur les images se figèrent sur un homme au pied d'un arbre dont le dos aurait eu sa place sur l'étal d'un boucher, qui pensait ironiquement que la pisse de M'Banko lui éviterait peut-être l'infection. Et qui tentait de se relever.

Harrison réfléchissait.

« 1995, hein ?

— Oui.

— T'as tout arrêté en 95 ?

— Oui

— C'est bien sûr ?

— Oui.

— Alors ce n'est pas toi qui…

— Non, ce n'est pas moi. Je te l'ai déjà dit cent fois.

— Ouais, mais c'était difficile à croire, t'avoueras.

— Peut-être bien. D'ailleurs, je n'étais déjà plus sur le terrain depuis bien longtemps.

— Mais alors la plume ?

— Quelle plume ?

— La plume de rollier à longs brins, comme celle que je t'avais donnée quand tu avais quitté la réserve, celle que tu as laissée sur le terrain, sous le buisson.

— Je n'ai rien laissé du tout car je n'étais nulle part. Je n'ai pas placé de grenade, je n'ai pas tué ta femme.

— Alors la plume, c'était juste une plume ?

— Juste une plume.

— Merde.

— Ouais.

— Ton nom revenait souvent quand on parlait d'ivoire. Les autorités savaient que tu étais impliqué, mais jamais de preuves.

— Jamais. »

Et N'Dilo eut un sourire satisfait.

« Ils avaient des photos de toi dans leurs dossiers, et aussi des photos de toi dans d'autres pays.

— Si tu m'as vu ailleurs, pourquoi as-tu pensé que je braconnais dans la réserve ?

— Si c'était pas pour braconner, qu'est-ce que tu foutais dans la réserve quand on est tous morts ?

— Je venais récupérer le fric que j'avais enterré au pied d'un arbre.

— Avec un semi-automatique ?

— Tu te balades dans la brousse sans fusil, toi ?

— …

— Bon. Donc… tu voulais me tuer à cause d'une plume. »

Harrison, tête baissée, se malaxait le front comme lorsqu'on veut extirper une idée de sa caboche.

« Je me souviens maintenant de ce qui me turlupinait dans le bar de Larry avant que le gros Stevens n'arrive et qu'on finisse par se foutre dessus.

— Bravo, change de sujet.

— Tais-toi. Ça y est, je me souviens de ce qui ne collait pas. À propos des traces de pneus.

— Tu t'en souviens là, maintenant ?

— Écoute-moi... Quand tu cherches une piste, tu t'arrêtes de temps en temps, vrai ? Tu vois des empreintes ou des excréments, tu ralentis au moins pour savoir à quel point ils sont frais. Quand on trouvait les carcasses de rhinos et d'éléphants, c'était toujours dans des fourrés, ou au bord de mares qu'on ne voit pas de loin. Les bracos ne pouvaient pas voir les bêtes, ça, c'est sûr, et pourtant les traces indiquaient que leurs Jeep filaient.

— Tes bracos, ils avaient un complice. Un mec qui savait où les animaux se trouvaient. C'est ce qu'il y a de plus simple. Un garde. Ou un ranger.

— Ni mes gardes ni mes rangers n'auraient fait un truc pareil. Je les payais bien.

— Les Noirs ou les Blancs ?

— Les deux, qu'est-ce que tu insinues ?

— Rien. De toute manière, bien payer n'est jamais suffisant. Qui avait un GPS ?

— Je comptais en équiper mes gars l'année suivante, ça coûte cher ces trucs. Y a que moi qui en avais un. Et Conrad. Pour marquer les points d'eau et les déplacements des populations d'éléphants et de rhinos. »

Harrison avait des piles de notes, avec Travis ils reconstituaient les trajectoires, les routes empruntées année après année, comment s'agençaient les territoires. Ils passaient des heures le soir à regrouper leurs informations, à établir des cartes, à décoder un monde, et la plupart du temps Harrison était le premier à aller se coucher, tandis que sa femme continuait à griffonner et à tracer des lignes sur des plans en buvant du thé.

« C'était peut-être Conrad.

— Laisse Conrad en dehors de ça. »

Le ton était sans appel.

« Bien, alors les bracos en ont équipé quelqu'un, rétorqua N'Dilo.

— Je ne saurai jamais qui.

— Le Doc aussi il avait un GPS. Il s'en est servi quand il m'a ramené, après qu'on a relâché le léopard, intervint Juma.

— D'accord, mais c'est le Doc. Un vétérinaire. Son boulot, c'est de prendre soin des bêtes, pas d'aider à les buter.

— Mon copain Manyasi à l'hôpital, il s'était fait voler sa jambe par son oncle, et un oncle n'est pas censé faire ça. Parfois, les gens font des choses auxquelles on ne s'attend pas. »

S'ensuivit un silence, que l'enfant rompit :

« En plus le Doc, il avait un petit avion aussi.

— Oui, car vu que c'est le seul toubib dans toute cette partie du pays, c'est pratique d'avoir un Cessna 172 pour aller visiter les fermes », mais tandis qu'il argumentait en faveur du vétérinaire son regard s'assombrissait.

Une conversation lui revenait à l'esprit. La veille du jour où ils avaient découvert le massacre, il avait vu l'avion du Doc survoler la réserve en direction de l'est, petite forme filant sous les nuages en oriflammes de feu. Le soleil n'allait pas tarder à se coucher, « Le Doc doit avoir une urgence », s'était-il dit. Il lui en avait reparlé quelques jours plus tard :

« Y a eu un pépin dans une ferme à l'est ?

— De quoi tu parles ?

— J'ai vu ton avion survoler la réserve il y a trois jours. Y en a pas trente-six comme le tien. Qu'est-ce qui s'est passé ?

— Oh, ça ? J'allais vacciner des bêtes à la ferme de Jowe.

— À cette heure-là ?

— J'étais invité à dîner. J'ai fait ça le matin.

— C'est pas vraiment la période, si ?

— Nan, mais il ne pouvait pas le faire avant. »

Sur le moment Harrison n'avait pas tilté.

« Mais en fait, il avait dû être sacrément rapide pour vacciner les vaches, vu qu'à 10 heures du matin je l'appelais pour endormir le léopard sur les terres du vieux Harry…

— M'est avis qu'il t'a menti, dit N'Dilo.

— On dirait bien. Ce qui ne veut pas dire qu'il survolait la réserve pour transmettre les coordonnées GPS des éléphants qu'on a trouvés le lendemain. Il allait peut-être faire autre chose, voir une femme, voilà, peut-être qu'il trompait Luanna.

— Mais tu ne le penses pas, hein ?

— J'en sais rien. Craig avait racheté du terrain, et Luanna comptait ouvrir une pension, un machin comme ça. P'têt' qu'ils avaient hérité. Ou alors ils savaient économiser.

— Ouais. »

N'Dilo hocha la tête avant de fixer Harrison et de lui décocher un de ces sourires dont il avait le secret.

« Ça te fait mal, hein ? De penser que Craig puisse se choper une commission en aidant les trafiquants.

— Ce n'est pas très agréable, en effet.

— Un véto, en plus. Et un Blanc.

— Ouais.

— Ton pote. »

Harrison prit une grande inspiration. « Ouais ».

Juma caressait Pearl, il frôlait ses longs cils et lui grattait le dessous de l'œil, elle semblait dormir.

N'Dilo n'en avait pas fini :

« Ça te fait peut-être aussi mal de t'être trompé ?

— Tu as braconné, N'Dilo, tu n'es pas innocent. Tu en as tué des centaines, des éléphants. Tu n'as peut-être pas placé la grenade mais les types qui l'ont fait étaient peut-être tes anciens employés.

— Je ne suis peut-être pas innocent comme tu dis, sauf qu'eux le sont », et il pointa du doigt Pearl et Juma qui restaient silencieux. « Et ils sont morts parce que tu voulais te venger de moi à cause de quoi, d'une foutue plume ?

— Ils sont morts parce que tu as tiré, N'Dilo.

— J'ai tiré pour me protéger. »

Alors qu'au mur de nouvelles images apparaissaient, N'Dilo ajouta : « C'est ton obsession qui nous a tous tués. »

Quand tout fut fini

15 mai 1999

« Juma, allez, grimpe, on y va !

— Conrad ne vient pas ?

— C'est son jour de congé, il est avec ses enfants. Attache ton bob mieux que ça, tu as pris la crème solaire ?

— Oui. Et j'en ai déjà mis plein, regarde, je suis tout gras. »

Et l'enfant passa son doigt sur son visage avant de le montrer à Harrison. Il n'avait plus de croûtes, sa peau était rosée et il respirait la santé. À l'aide de son bras droit il se hissa sur le siège avant.

« En route vers les éléphants ! »

Harrison démarra la Land dans un grand sourire.

Juma était là depuis plus d'un an, et l'homme et l'enfant, ensemble, petit à petit, s'étaient reconstruits. Juma n'avait plus peur la nuit, Harrison ne buvait plus jusqu'au matin. Il buvait encore, mais il buvait moins, et quand il le faisait Travis ne poussait plus la porte rouillée de son esprit. Travis ne le regardait plus en souriant avant de se disloquer en chairs éclatées et sanglantes, non.

Depuis que Juma était arrivé, la vie d'Harrison avait changé. Juma voulait devenir ranger, ou pisteur, il avait l'instinct pour ça. Il enregistrait le moindre détail, repérait la moindre trace même s'il ignorait encore quelquefois à quel animal elle appartenait, et Harrison se sentait fier comme un père. Et parfois triste comme un père.

L'avant-veille Tireli était morte.

Juma avait trouvé le petit corps de la mangouste tout près de l'arbre aux singes. Les insectes avaient déjà commencé leur travail de nettoyage et les fourmis mandibulaient sec, tandis que les mouches pondaient, inclinant leur abdomen gonflé, anthracite et duveteux, pour que huit heures plus tard les œufs blanchâtres éclosent et que les larves commencent à dévorer ses chairs inertes en voie de décomposition. Les mouches. Tout le monde les exècre.

Ça avait tordu le cœur d'Harrison de voir Juma en larmes, enveloppant Tireli dans un de ses tee-shirts, « Je peux prendre celui-là Harrison, tu ne m'en veux pas ? », la portant précautionneusement dans sa main pour la déposer au sol près d'un massif d'agapanthes et puis creusant un trou pour l'y coucher avec précaution et la caresser une dernière fois.

Ça lui avait tordu le cœur de voir l'enfant rester assis près du minuscule tumulus de terre, en sueur sous le soleil mordant comme si ce n'était pas suffisant d'avoir des morsures à l'âme.

Ça lui avait tordu le cœur de devoir lui dire : « Demain, j'ai un travail à finir, je ne peux pas t'emmener. »

Mais il lui avait promis que le samedi, ils passeraient la journée en vadrouille : « On cherchera les éléphants, tu pourras prendre le petit Polaroïd que je t'ai offert, qu'est-ce que tu en penses ? » Harrison espérait tomber sur Pearl. La confiance que la femelle accordait à Harrison, à Travis avant, et à Juma maintenant, s'était transmise à son dernier éléphanteau, celui qui avait survécu à la pneumonie et qu'on avait nommé Breath.

Le bébé, à force de voir sa mère s'avancer vers la Land et se laisser caresser, avait adopté le même comportement. Juma pouvait descendre du véhicule et le câliner sans que celui-ci en éprouve la moindre peur. Le reste de la famille se montrait toutefois prudent, parfois une trompe s'avançait vers le 4 × 4, mais toute tentative pour la toucher aurait semé la panique et peut-être déclenché des charges, comme ça s'était produit récemment dans une autre réserve. Une Jeep avait été renversée par une grande femelle qui s'était ensuite acharnée sur le véhicule, et les touristes avaient crié et les touristes avaient pleuré et plus tard les touristes avaient soigné leurs luxations et leurs bosses et leurs bleus en se disant qu'ils auraient une sacrée histoire à raconter au pays. Mais Pearl était différente. Si différente que quelques années auparavant, Travis s'était inquiétée : « Je n'aime pas ça. Ça peut la mettre en danger. » Mais l'éléphante adoptait un autre comportement avec ceux qu'elle ne connaissait pas. « J'ai demandé aux rangers. Elle garde ses distances », avait répondu Harrison en caressant tendrement les longs cheveux blonds de sa femme. « Elle oui, mais Breath ? »

« Là, des bouses fraîches ! »

Ils suivirent les traces sur la piste pendant presque deux miles puis elles bifurquèrent vers une lande de fourrés et de buissons où l'on pouvait voir quelques branches d'acacia brisées par le passage des éléphants. Ils étaient au sud-est et la végétation était devenue très dense mais les traces, Harrison savait où elles menaient.

« Qu'est-ce qu'on fait ? demanda Juma.

— Je pense que les éléphants sont là-bas.

— Je ne les entends pas.

— Non, c'est trop loin. Et ce n'est pas accessible en voiture.

— Tu es sûr qu'ils sont là-bas ?

— Quasiment.

— Alors on y va.

— OK. »

En remplissant les gourdes au jerrican à l'arrière de la Land, en glissant dans sa besace le kit de premier secours et en s'emparant du fusil qu'il mit en bandoulière, Harrison se souvint de la première fois où il avait découvert ce point d'eau avec son copain N'Dilo, deux mômes pas bien grands jouant aux explorateurs, qui ne se méfiaient de rien et encore moins du futur, et n'avaient pour seule arme qu'une petite fronde qu'ils avaient eux-mêmes bricolée. Il nota que les fourrés avaient sacrément poussé, bien qu'ils lui aient déjà paru gigantesques quand il était petit garçon. La topographie elle-même s'était modifiée et un léger glissement de terrain avait fait naître une crevasse sèche comme une ride, que Juma et lui peinèrent à franchir. Mais il reconnaîtrait le grand arbre. La mare secrète de son enfance ne serait pas loin derrière.

L'homme accroupi dans les fourrés souriait, tranquille, son fusil posé à côté de lui. Il avait déterré un sac rempli de billets et maintenant il regardait les grands éléphants boire et s'asperger d'eau fraîche et il regardait les éléphanteaux se rouler dans le liquide devenant boueux peu à peu et il regardait jaillir çà et là des éclaboussures de joie. Les éléphants savent sourire, N'Dilo l'avait remarqué depuis qu'il était tout petit : ces gaillards-là semblaient parfois rigoler comme si la vie était une longue farce. Pas si différents des humains en somme. Enjoués mais féroces, femelles braves et prenant soin des leurs mais parfois si imprévisibles qu'elles les blessaient, mâles combattant pour le rut mais admettant la défaite en pansant leurs plaies, familles accompagnant leurs parents jusque dans la mort, et même après, ils n'étaient ni plus ni moins que des humains dans des costumes gris de géants. L'ivoire en plus.

N'Dilo avait toujours aimé regarder les éléphants. Il n'avait jamais tiré sans un certain désespoir, tout au moins un serrement de mâchoires, un frêle hoquet coupable, un tressautement qui n'était pas dû au recul du fusil. Rien à voir avec tirer une antilope, rien à voir. Car un éléphant qui s'effondre ne fait pas seulement trembler la terre, au plus profond de soi c'est une âme ancestrale qui se fissure, elle aussi. Chaque fois que N'Dilo avait appuyé sur la détente, c'est vrai, il avait eu l'impression de tuer des amis. On fait toujours le plus de mal à ceux qui nous sont proches. Alors dans l'estuaire de son cœur il avait laissé se mêler amour et fric, regardant un instant cette fusion saumâtre et choisissant son camp, car le meilleur choix est de suivre le courant.

« Ça y est, je les entends. »

Harrison et Juma avançaient avec précaution et l'enfant se retournait sans cesse vers l'adulte, contenant mal son excitation :

« Tu crois qu'il y aura Pearl ? Dis, tu crois ?

— C'est possible », répondit-il.

Ce serait la meilleure chose qui puisse leur arriver.

N'Dilo n'avait pas chassé depuis très longtemps. Depuis qu'il vivait en ville il avait perdu ce contact si particulier qu'il entretenait auparavant avec la brousse, il n'en ressentait pas le manque, non, mais lorsqu'il revenait dans la réserve, son corps et son cœur se remplissaient à nouveau comme un silo après une bonne récolte et il redevenait entier. Aussi se coucha-t-il à plat ventre. Il saisit son fusil. Il visa un éléphant, un jeune mâle, juste comme ça, pour la sensation. Il n'avait aucune intention de tirer.

Pearl arrivait par la droite, flanquée de son dernier éléphanteau, Breath, qui se précipita à l'eau.

« Elle est là ! Regarde… » Harrison colla la main sur la bouche de Juma. Il le força à se courber et à s'aplatir au sol dans les racines et les épines, les dents de l'enfant contre sa paume et un peu de salive coulant de sa bouche. Il détailla le visage de l'homme qu'il voyait de l'autre côté, c'était lui, c'était bien lui. « Tu ne bouges pas », chuchota-t-il à Juma, avant de s'éloigner comme une ombre, les genoux fléchis, le dos voûté, son fusil à la main, sans voir la terreur de l'enfant qui le suivait des yeux.

Son premier tir atteignit N'Dilo à l'épaule et Harrison continua d'avancer alors que les éléphants barrissant s'enfuyaient de la mare, les petits les suivant le plus vite qu'ils pouvaient et dans l'eau ça faisait des floc-floc apeurés.

« N'Dilo Ubuntu ! » cria-t-il en maintenant en joue l'homme dont la chemise kaki se gorgeait de liquide brunâtre, la clavicule en miettes.

N'Dilo tenait toujours le semi-automatique de la main droite et essaya de rouler sur le côté.

« N'Dilo Ubuntu… tu n'auras pas été facile à trouver. Lâche ton arme.

— Ça non.

— Alors je vais tirer.

— On dirait que tu en as bien envie. »

Harrison avançait sur la berge boueuse que les éléphants avaient rendue glissante et il perdit un court instant l'équilibre. N'Dilo put finir son mouvement, il appuya sur la queue de détente trois fois et Harrison s'effondra. Du sol, N'Dilo n'avait pas visé assez haut, mais Harrison était immobilisé et son fusil hors de portée. N'Dilo se leva et s'approcha en grimaçant de douleur, son bras gauche inerte pendant comme un appendice inutile et grotesque.

« Harrison Carter, hein ?... Alors, qui va lâcher son arme maintenant ? »

Alors qu'il n'était plus qu'à quelques pas, il entendit un long cri, un gamin surgit des fourrés en hurlant et N'Dilo lui cria « Stop », mais son ordre fut couvert par un barrissement furieux et assourdissant comme des milliers de trompettes annonçant une guerre terrible. N'Dilo vit une éléphante de quatre tonnes le charger et il tira tout en reculant, il tira cinq fois. Il tira partout.

Pearl s'abattit au sol, les genoux dans la boue, avant d'incliner la tête.

À cet instant, Harrison visa N'Dilo et appuya sur la détente. L'homme tomba en arrière et s'aplatit au sol dans un suaire de boue.

« Juma ? Juma, tu vas bien ?... Juma ? »

À l'ombre du grand corps de Pearl, l'enfant sur la berge se tenait la poitrine avec la balle perdue dedans.

Harrison se traîna jusqu'à lui, il rampa tout en répétant : « J'arrive, j'arrive. »

Le souffle court, il posa sa main sale sur celle de l'enfant et ensemble ils appuyèrent sur la plaie mais le sang ne faisait que s'écouler entre cinq doigts de plus.

« Qu'est-ce qui se passe maintenant ? »

Harrison prit une grande inspiration et se força à sourire, des larmes et de la morve lui coulaient dans la bouche et il caressa le visage de l'enfant.

« Maintenant tu vas compter jusqu'à huit.

— Pourquoi huit ?

— Fais-le, mon ange.

— Et Pearl? »

Harrison tourna la tête vers le gigantesque cadavre derrière lui, les yeux ouverts de l'éléphante étaient encore brillants derrière ses longs cils et dans cette position elle semblait toujours attendre d'avoir la force de se relever.

« Pearl va bien. »

L'enfant esquissa un maigre sourire.

« Compte maintenant.

— Un… deux… J'ai mal…

— Regarde-moi, et compte encore…

— Trois… quatre… »

Et l'enfant s'en alla.

Harrison laissa son corps se vider de son sang tout en continuant de serrer très fort la petite main. Il contempla le ciel : il n'y avait pas un nuage et pourtant tout s'assombrissait. Au loin il entendit un lion rugir. Ou peut-être était-ce un buffle qui meuglait, il n'était pas bien sûr.

Au mur l'image se figea sur un grand corps et un autre plus petit, qui semblaient ne pas vouloir se quitter, et sur un bob bleu azur un peu plus loin, que la berge agrippait de ses doigts boueux.

Harrison était debout mais c'est comme s'il gisait sans vie, N'Dilo fixait le mur, Juma caressait sans relâche une des pattes de Pearl et les tempes de l'éléphante suintaient.

« Bon, que se passe-t-il maintenant ? »

Les nouvelles images qui apparurent au mur les firent tous sursauter.

« Regarde, c'est Conrad ! s'écria Harrison. Toujours avec le même chapeau, le bougre !

— Sauf qu'il le tient dans ses mains. Y a le Doc aussi. Et plein de gens. Harrison, c'est ton enterrement.

— Pas seulement le mien on dirait : il y a deux tombes. »

Quand Harrison et Juma furent en terre

21 mai 1999

Deux tombes côte à côte. À l'ombre d'un grand arbre. Déjà le prêtre et les invités s'en allaient, des gardes et des rangers en majorité mais aussi l'instituteur et les femmes des crèches des villages alentour qu'Harrison avait continué d'aider après la mort de sa femme.

C'était Narima qui avait prévenu Conrad. Ne voyant pas revenir Harrison et Juma, elle l'avait appelé, hystérique. La radio de la Land ne répondait pas et la réserve avait été fouillée en vain pendant des jours, jusqu'à ce que Craig, de son Cessna, repère enfin le véhicule après avoir survolé maintes fois et à basse altitude la brousse interminable et aveugle à un malheur de plus.

Arrivés au 4 × 4, l'odeur les avait dirigés vers une carcasse d'éléphant en putréfaction déjà largement entamée par les charognards, les côtes à l'air comme un piège paléolithique à mauvais esprits et la trompe intégralement disparue, deux défenses quasiment détachées des chairs protégeant ce vide.

Ils n'avaient pas su déterminer à qui appartenaient les restes de l'homme noir, mais la montre d'Harrison ne prêtait pas à équivoque. Ni le bob bleu de Juma et quelques lambeaux de sa peau si particulière.

C'était Narima qui s'était occupée des funérailles.

« On les enterre près de l'arbre aux singes. Tous les deux.

— Tous les deux ?

— Vous savez d'où vient l'enfant, vous ?

— Non.

— Alors je crois que sa place est ici. »

Elle avait tourné les talons et s'était réfugiée dans sa cuisine.

Auprès des sépultures, seuls deux hommes restaient.

« Que va-t-il se passer maintenant ? »

Craig regarda longuement Conrad avant de répondre, puis il regarda par-delà les tombes les collines boisées qui menaient à la plaine, tout était immense et ce n'était pourtant qu'une toute petite partie du pays.

« Quelqu'un reprendra la réserve. Ça ne change rien pour nous.

— Peut-être pour toi, mais moi en attendant je perds mon travail, soupira Conrad.

— L'autre devrait te suffire, non ?

— D'accord, mais tant que la réserve sera laissée à l'abandon, sans gardes, les braconniers n'auront plus besoin de notre aide, tu as pensé à ça ?

— Alors, il va falloir qu'on soit malins.

— Tu as un plan ? »

L'image se figea une dernière fois sur Craig souriant comme on se frotte les mains. L'argent n'avait pas fini de rentrer. Pour eux, ça ne faisait que recommencer.

Harrison, Pearl et Juma restèrent interdits.

N'Dilo baissa la tête.

Et le mur redevint mur.

En chiffres

Population des éléphants en 1900 : 20 millions.
Population estimée aujourd'hui : 350 000.
Nombre d'éléphants massacrés par an : 35 000.
Extinction de l'espèce : déjà prévue.
Prix du kilo d'ivoire sur les marchés asiatiques : plus de 2 300 $.

Population des rhinocéros noirs en 1900 : environ 500 000.
Population des rhinocéros noirs aujourd'hui : 5 000.
Population des rhinocéros blancs : 20 000.
Nombre de rhinocéros massacrés par an : 800.
Extinction de l'espèce prévue avant 2025.
Prix du kilo de corne de rhinocéros sur les marchés asiatiques : 70 000 $.

Nombre d'albinos en Tanzanie : 170 000.
Prix d'un corps complet : 150 000 $.
Prix d'un membre : jusqu'à 3 000 $.